你一定要快乐啊

蔡澜 著

新华出版社

图书在版编目（CIP）数据

你一定要快乐啊 / 蔡澜著.
— 北京：新华出版社，2024.10.
— ISBN 978-7-5166-7655-4

I.I267

中国国家版本馆CIP数据核字第2024GN9102号

你一定要快乐啊

著　者：蔡澜
出版人：匡乐成　　　　　　　　责任编辑：蒋小云
出版发行：新华出版社有限责任公司
　　　　（北京石景山区京原路8号　邮编：100040）
印　刷：河北盛世彩捷印刷有限公司

成品尺寸：145mm×210mm　1/32　　印张：10　　字数：180千字
版　次：2024年12月第1版　　　　印次：2024年12月第1次印刷
书　号：ISBN 978-7-5166-7655-4　　定价：45.00元

版权专有·侵权必究
如有印刷、装订问题，本公司负责调换。

微店

视频号小店

抖店

京东旗舰店

微信公众号

喜马拉雅

小红书

淘宝旗舰店

吃好喝好做个俗人，
人生如此拿酒来。

活着，大吃大喝也是对生命的一种尊重。

任性而活,是人生最过瘾的事。

人活到老死,
不玩对不起自己。

向苦闷报复,一乐也。

暂居在这世上短短数十年,

凡事不应太过执着。

目录 contents

○ 壹　人生不过九万餐

三杯酒下肚，
人就快活了起来。

002 / 吃什么？

004 / 谈吃

006 / 谈喝

008 / 好吃命

010 / 舒服食物

012 / 浅尝

017 / 鲜

022 / 买菜的艺术

024 / 白灼

026 / 部位

028 / 看菜

030 / 基础菜

032 / 笋

034 / 青菜落

036 / 焗蛋和混蛋

038 / 猪头粽

040 / 蔡家蛋粥

042 / 法式田鸡腿

044 / 鲱鱼的味道

046 / 醉人的早餐

048 / 家常汤

053 / 土炮

056 / 快乐的水

061 / 茶在心间

066 / 软雪糕

○ 贰 生活好玩，总有欢喜

要老，也得老得聪明一点；
要老，就老得快乐一点。

070 / 玩

072 / 玩物养志

074 / 身外物

076 / 纸袋

078 / 情书

080 / 风铃

082 / 木头

084 / 夜光钟表

086 / 玩具

088 / 猫相

090 / 石栗随想

092 / 蜻蜓随想

094 / 核桃夹子

096 / 完美厨刀

098 / 蚝壳

100 / 荷兰牡丹

102 / 贵衣

104 / 痱积散

106 / 什么什么油

108 / 玩瘟疫

113 / 老头子的东西

〇 叁 我有所念人

有些老友，
忽然间想起，
特别思念过往相处的一段时光。

120 / 亲人

122 / 阿叔

126 / 酒舅

130 / 恩人

132 / 古龙、三毛和倪匡

137 / 和查先生吃饭

141 / 倪匡传

144 / 黄霑再婚记

148 / 师太

153 / 苏美璐

155 / 木人

160 / 老人与猫

165 / 梦香老先生

168 / 七老八老

173 / 纽约的张文艺

178 / 琉璃

183 / 周迅

○ 肆　做一个不合时宜的人

不必勉强自己，
守人生七字真言错不了，
那就是："抽烟，喝酒，不运动。"

186 / 年轻 VS 年老
190 / 寻开心
192 / 日子容易过
194 / 老
196 / 活着
198 / 报复
200 / 借口
202 / 退休
204 / 美妙
206 / 自私
208 / 聪明
210 / 做人
212 / 原谅

214 / 疏狂
216 / 学老兰
218 / 反运动
220 / 笑看往生
225 / 优柔寡断
227 / 放纵的哲学
232 / "任性"这两个字
236 / 无泪的日子
238 / 穿自己的衣服
240 / 减压功
244 / 莫再等待明年
246 / 别绑死自己

○ 伍　看尽世间好风光

若去马来西亚玩一两个星期，
天天吃榴梿，高兴得很。

252 / 去哪里？

256 / 大连之旅

261 / 兴隆与三亚

264 / 重访北京

267 / 迪拜之旅

272 / 希腊之旅

281 / 莫斯科掠影

286 / 人生必到马尔代夫

294 / 欢乐墨西哥

299 / 旅游宝藏新潟

壹

人生不过九万餐

三杯酒下肚,

人就快活了起来。

吃什么？

在微博上回答问题，是件乐事。

关于吃，我一向说是比较出来的。为什么会推荐这家餐厅？是我吃过同类中挑选出，认为最好，也没有什么标准，个人喜恶而已。

但有些人看了，还是要追问："为什么是最好？"

已经给了的答案，对方不看，也许不肯看，就问这个笨问题，实在有点白痴。笑而不答，对方再次追问："怎么一个好吃法？"

味道这种东西，不是用文字可以形容的，这一点倪匡兄和我的意见一致。味道要自己去感觉、去比较，才能了解，所以遇到这种问题，只有避之。

"蒸鱼和焖鱼，哪种好吃？"

"当然是蒸鱼。"我回答。

这一来可好,触发到对方的乡愁,一连发来几十条信息,解释他们家乡的焖鱼有多好是多好,我经常反问一句:"你吃过蒸鱼吗?"

对方不答,表示没吃过。这一类的夏虫,不值得去懊恼。

"吃蒸鱼,有什么趣事和故事吗?"饮食记者常问。

为什么吃东西一定要有趣事、故事呢?我回答说有一本书,叫《饮食小掌故》,你去找来抄吧。

最讨厌的还是问有关食疗的:"吃这东西,有什么好?"

此类问题香港顺嫂最喜欢,她们不问味道或价钱,总是:"有什么好?"

"脸上长青春痘,吃什么东西好?"是年轻人最爱问的。

我又不是医生,哪有答案?只有爱理不理地:"等到有一天你长不出了,就会珍惜。"

"吃什么减肥?"八婆们永远追求的秘方。

我的回答是:吃泻油,吃树皮,吃草。

最后加上"哈哈"二字,不然对方会当真。

谈吃

发现顺德人和法国人有一个共同点，那就是大家都喜谈吃。

"我妈妈做的鱼皮饺才是最好吃的。"顺德朋友都向我这么说。

"啊，普罗旺斯，"法国朋友说，"那才是真正的法国。那边的菜，才像菜。"

其实东莞的菜也不错，东莞人默默耕耘，不太出声罢了。意大利人和西班牙人也很会吃，他们认为食物和隐私一样，不必太过公开。

还是很佩服顺德人，见过他们的厨子的刀章，把一节节的排骨斩得大小都一样，炒也炒得把汁都炒干，可真不容易。

我们一直以中国菜自大，但法国菜实在也有它们的道理，把鹅颈的骨头拆掉，酿进鹅肝酱的手艺，不逊中国厨子的花巧。

顺德人和法国人不停告诉你吃过什么什么好菜，怎么怎么煮法，味道如何又如何，听得令人神往，恨死自己不是那些地方出生。

比法国人好的，是顺德人自吹自擂之余，并不看低其他地方的菜肴。法国人不同，他们一谈起酒菜，鼻子抬得愈来愈高。

当我告诉一个法国朋友："我去意大利的托斯卡纳地区，他们的红酒也不错。"

"是吗？"法国朋友翘起一边眉毛，"意大利也有红酒的吗？"

不过，这都是住在大都会的人，才那么市侩气，乡下的还是纯朴，不那么嚣张。

在南部小镇散步，见到的人都会向你打招呼，还主动说："Good morning"（早上好）、"Good evening"（晚上好），不像人家所说的，你用英语，他们不回答你。

喜欢谈吃的人，生活条件一定好，物产也丰富，但钱也不存留很多，没有那种必要嘛。大城市的暴发户才穷凶极恶地猛吞鲍参肚翅、鱼子酱或黑菌白菌。悠闲的人，聊来聊去，最多是妈妈做的鱼皮饺罢了。

谈喝

"从前再多三瓶白兰地,也醉不了我!"有人说。

这种想当年的事,最好不开口,讲出来就给人家笑。你当年我没看过,怎么知道?

"来来来,干一杯!"

遇到有人劝酒,高兴就喝,不高兴就别喝。

"有的内地人才不吃这一套,千万别让他们知道你能喝,不然一定灌到你醉为止。假装不会喝最好,说自己有病也行。"友人说。

假的事做来干什么?能喝多少是多少。不能再喝了,对方也不至于那么野蛮来逼你。

"你不了解,和他们做生意一定要喝醉,我上一次和他们干了五瓶五粮液,才接了三万订单回来。"友人又说。

喝坏了身体,净赚三万又如何?

闹酒的心理,完全来自好胜,认输不是那么难接受。第一次认输,第二次面皮就厚了。

喝酒的人,从来不必自夸酒量好。

而什么叫喝酒的人呢?

那就是每喝一口,都感觉酒的美妙。喝到没有味道还追喝,就不是喝酒的人,是被酒喝的人。

大醉和微醺是不同的,前者天旋地转,连黄疸汁都呕吐出来,比死还要难过;后者心情愉快,身体舒服到极点。

大叫"我没醉,我没醉"的人,一定是醉了,不让他们喝,先跪地乞酒,接着恐吓你没朋友做,这种人,已经酒精中毒。

我一位叫周比利的朋友,就是这种被酒喝的人。他长得高大,又相当英俊,年轻时当国泰的空中少爷,后来做到主管。

前几天听到他逝世的消息,心中难过,现在想起,写这篇东西。

愿你我,都做喝酒的人。

好吃命

李居明，从他在新艺城工作的日子认识以来，已有很多年。

最近他那本《饮食改运学》的书提及我，查太太买来赠送。见面，李居明从一位瘦小的青年变成圆圆胖胖、满脸福相的中年人了。

他说我是"戊土"生于"申"月，天生的好吃命。而且属土的人需要火，所以我任何热气食物都吃，从来没有见过我大喊喉咙痛，这便是八字作怪的。

哈哈哈哈，一点也不错。他说生于秋天"戊土"的人，是无火不欢的，因此喜欢的东西皆为火也。

一、抽烟，愈多愈好。

二、喝酒，愈多愈行运。

三、吃辣，愈辣愈觉有味。

无论你列出烟、酒及辣有什么坏处，对蔡澜来说，便是失效。八字要火的人，抽烟没有肺癌，身体构造每个人都不同，蔡澜要抽烟才健康。

同样地，酒也是火物，但喝啤酒便乍寒乍热，生出个感冒来。

辣椒也是秋寒体质的人才可享用的食物，与辣是有缘的。

李居明又说我的八字最忌"金"。金乃寒冷，不能吃猪肺，因猪肺是"金"的极品。

这点我可放心，我什么都吃，但从小不喜猪肺。他也说我不宜吃太多鸡，鸡我也没兴趣。至于不能吃猴子，我最反对人家吃野味，当然不会去碰。

我现在大可把别人认为是缺点的事完全怪罪在命上了。我本来就常推搪，说父亲爱烟，母亲喜酒，对我都是遗传。而且不知道祖父好些什么，所以也是遗传吧。

一生好吃命，也与我的名字有关。蔡澜蔡澜，听起来不像菜篮吗？

舒服食物

到了吉隆坡,入住丽思卡尔顿酒店(Ritz-Carlton),酒店分两栋,一栋是客房,另外的是供长期居客的公寓,我在后者下榻,较像住宅,很闲适。

要消夜,可走到酒店后巷的咖啡店,那里有档云吞面,还有家卖槟城炒粿条的,更是精彩。粿条就是河粉,但比河粉薄,下的料又多得很,翻一翻来看,共有:血蚶、腊肠片、鸡蛋和豆芽等;隐藏在里面的,还有菜脯和猪油渣。

睡了一夜,翌日一大早起身,沏杯浓得像墨汁的普洱清清肠胃,就到外面散步。

过了几条街,就是 Imbi Road 了。角落有家叫"兴城"的咖啡店,早晨六点多已开始营业。先到各个档口巡视一下,顺便点菜。

卖米粉汤的，一大碗，上面铺着香肠和鱼丸，还有大量的卤肉碎，作料溶入汤中，先喝完，再慢慢欣赏米粉。

另外又来一碟干捞云吞面，汤另上，里面有几个鱼皮饺，面中夹着叉烧，淋上浓酱油，黑漆漆的，但一入口就知厉害，好吃无比。马来西亚的云吞面和香港的完全不一样，各有所长，但是二者都有共同点，就是没有猪油不行。

英文有个词，叫"Comfort Food"，是吃得舒服的意思。的确，我最喜欢，它很基本，滋味地道，在家里做不出，外食时最为美味。山珍野味和鲍参肚翅，遇到了都要走开一边，是百食不厌的。

舒服食物各地不同，你是什么地方的人，就吃什么东西，像法国人的羊角包，英国人的青瓜三明治，俄国人的罗宋汤。

互相吃不惯，他们看到我们把黑漆漆的面吃得津津有味，皱起眉头；我们见到他们啃汉堡包，也觉得为什么如此寒酸。

舒服食物的定义，在于从小吃到大的东西，绝对是过瘾的。英文中只有以舒服来说明，在中国人心里，舒服食物代表了亲情、温馨、幸福和无穷的回忆，万岁，万万岁！

浅尝

和小朋友聊天,当然是有关于吃,和我交往的都喜欢谈饮食,也只有这种话题,最为欢乐。

"我发现你原来是吃得不多的,你的许多朋友也说,蔡澜这个人不吃东西的,这是不是因为你已经吃厌了,人也老了?"小朋友口无遮拦,单刀直入。

"老不是一种罪。我承认我是老了,有一天,你也会经过这个阶段。至于是不是吃厌,好的东西怎么会吃厌呢?当今好的东西少了,我就少吃一点。"我老实地回答。

"照样很多呀,有瓜果菜蔬,有猪肉鸡肉,有石斑也有苏眉,怎么说少了呢?"小朋友反问。

"有其形,无其味,你们吃的鱼多数是养殖的,肉类的脂肪也愈减愈少，蔬菜更是经基因改造，弄得没有味道。人类为了贪婪，拼命促生，有些还加了很多农药，又为了养殖失去颜色，不管人家死活，加苏丹红等色素，不好吃不要紧，吃出毛病来可不是开玩笑的。"

小朋友怕了："那——那我们要怎么样才好？"

"一切浅尝。"

"浅尝？"

"是，是一种很深奥的学问，美食当前，叫你不再去碰是不容易的，我自己也忍不了，要学会浅尝不容易。"我说。

"那我们年轻人呢？要怎么开始？"

我答："从要吃，就吃最好的开始。别贪便宜，有野生的，贵一点也得买，吃过野生的，就知道滋味有多好，再也回不了头去吃养殖的了。"

小朋友点点头，好像有点明白这个道理："那和浅尝有什么关系？"

"你们这个年代，就算有钱，能吃到野生东西的机会也不多，那么就别贪心，吃几小口就放弃。看到养鱼，只用它的汤汁来浇白饭，也是一种美食。"

"白饭吃了会发胖的！"

"胡说，现在的人哪会吃得太多饭？你们发胖，是因为你们喜欢吃垃圾食物，而垃圾食物多数是煎炸，煎炸的东西吃多了，才会发胖！"

"煎炸的东西很香，你不喜欢吃吗？"

"我也喜欢，不过我喜欢吃好的。"

"煎炸也分好坏吗？"

"当然，包着那层粉那么厚，吸满了油，我一看到就觉得恐怖。好的天妇罗，炸后放在纸上，最多只有一两滴油，你吃过了，就不会去尝坏的了。"

"我们哪有条件天天去吃高级天妇罗？"

"把钱省下，吃一次好的，这么一来，至少你不会天天想吃肯德基。同个道理，你吃过一顿好的寿司，就不会想去试回转的了。"

"道理我知道，但是我们还在发育时期，你教我怎么不吃一个饱呢？"

"那我宁愿你吃几串鱼蛋、一碟炒饭、一碗拉面，每一种都浅尝，好过把一种东西塞得你的胃满满地。对感情，花心我不鼓励，但对食物，绝对要花心！"

"这话怎么说？"

"好像吃鱼，如果有孔雀石绿，那么少吃一点也不要紧，吃太多，毛病就来了。吃火锅有地沟油，那么吃少一点，再来杯茶解解，也没事。"

"你的意思是什么都可以吃，但是什么都少吃一点？"

"对，要保持好奇心，中国菜吃了，吃日本料理，吃韩国料理，吃泰国料理，吃越南料理，吃西餐，什么都好，什么都不必狂吞，多吃几样。"

"不喜欢的呢？像芝士，我就从来不碰。"

"也要逼自己去吃，试过了，你才有资格说喜欢或者不喜欢，从来不碰，就是无知，年轻人求的是知识，你怎么可以连这一点都不懂？芝士很臭，但是可以从不臭的卡夫芝士开始，蘸点糖，甜甜地，好像吃蛋糕，慢慢地你就会发现卡夫芝士满足不了你，因为这是牛奶做的，当你要求更浓郁的味道时，你就会去吃羊奶的了，到时，这个芝士的味觉世界，就给你打开了。"

"榴梿也是同一个道理？"

"对。把榴梿放在冰格上冻硬，拿下来用刀切一小片，当雪糕吃，当你接受了，泰国榴梿满足不了你，便会去追求马来西亚的猫山王了。"

"道理我明白，但是有些人也只爱吃麦当劳，只喜欢吃肯德基，那怎么办？"

"那只有祝福你了。"

小朋友有点委曲:"对着一些我爱吃的东西,总得吃个饱,你怎么说我也不会理睬的。"

"我知道,有些东西在这个阶段是很难入脑的,我现在唠唠叨叨地向你说,也不希望你会了解,我只是在你脑中种下一颗种子罢了。有一句话你记得就是:那是今天要吃得比昨天好,希望明天就得比今天更精彩。到时,你就会发现,一切食物,浅尝一下,就够了。"

鲜

记得多年前在内地旅行时，常被友人请去一些所谓"精致"餐厅，坐下来后，老板或大厨就会问："你知道还有什么高价的食材吗？"

即刻想起的是鱼子酱、鹅肝酱和黑白松露，但当今也不算稀奇了。有时回答了也未必受欣赏，像我说藤壶时，西班牙已卖到像黄金一般贵了，对方听了说："那是我们叫的鬼爪螺吧，肉那么少，剩下皮和爪，有什么好吃？"

懒得和他们争辩。西班牙的藤壶，大得像胖子的拇指，每一口都是肉，鲜甜无比，而且长在波涛汹涌的岩石之上，要冒着生命危险下去才采得到，数量也越来越少。不懂得吃最好了，不然很快有灭绝的可能性。

其实西班牙还有一种海鳗苗，在烧红的陶钵中下橄榄油和大蒜，一把把撒进去，上盖，一下子就可以吃。吃时要用木头汤匙掏，否则会烫到嘴的，当今也卖得奇贵无比了。

其实我们吃的鱼子酱也大多不是伊朗产的，鹅肝酱更是来自匈牙利，松露来自云南。只管听名字和价钱，没有尝到最好的，怎么去解释呢？

当年我在日本生活时，在蔬菜店里也看到巨大的松茸，售价并不贵，那是来自韩国的，和日本产的香味不同。日本的只要切一小片放进土瓶中，整壶都香喷喷；韩国的一大枝咀嚼，也没什么味道。

泰国清迈有种菇菌，埋在土底，也非常香，当然不贵，但要懂得去找。世界之大，更有无尽的物产，也不一一细述了。

我们拼命去发现外国食材，西方大厨却开始来东方找，见到日本有种像青柠一样大的小柚子，就当宝了，看到了大叫："Yuzoo！"这个词的发音是yutsu，西方人不会叫，就像他们把"tsunami"（海啸）叫成"sunami"一样，听了真是好笑。这种日本柚子真的那么美味吗？也不是，普通得很。

近来他们最喜欢加的是我们的海鲜酱，叫成"hoisin sauce"，之前更大加蚝油（oyster sauce），什么菜都加，就说是好吃。其实都是用大量味精做的，他们少用味精，就觉得好吃。

味精制出来的鲜味,他们也不懂,惊叹不已,又是大叫:"Umami(意为鲜,鲜味)! Umami!"这个"鲜"字他们不知道,觉得很新奇,其实料理节目最常出现了。

我们老早就知道"鱼"加"羊",得一个"鲜"字。鱼加羊这道菜,在西洋料理中从未出现,觉得匪夷所思。其实海鲜和肉类一起炮制的菜最鲜,韩国人也懂得这个道理,他们煮牛肋骨(Garubi-Chim)的古老菜谱,是加墨鱼去煮的,和我们的墨鱼大烤异曲同工。

另一种猪手菜,是把卤猪手切片,用一片菜叶包起来,再加辣椒酱和泡菜,最后放几颗大生蚝。这道菜吃起来当然鲜甜无比。韩裔大厨张锡镐(David Chang)就喜欢把猪手换成卤五花肉,用这方法做,令洋厨惊奇不已,连安东尼·布尔丹(Anthony Bourdain)也拜服。

张锡镐最会变弄东洋东西,他在日本受过训练,学到做木鱼的方法,用这一方法"木肉",煮出来的汤非常鲜甜。

鲜已成为甜、酸、苦、辣、咸之后的第六种味觉,我们吃惯了不觉得什么,西洋厨子近年才开始接触,不过认识尚浅,大部分厨子还是不去追求,以为崇尚自然才是大道理。

像当今大行其道的北欧菜,都是尽量不添调味品,这我并不反对,但是吃多了就觉得闷,用一个"寡"字来形容最恰当。

鲜味吃多了，也会"寡"的，像云南人煮了一大锅全是菌菇的汤，虽然很鲜很甜，但不加肉类的话，也有寡淡的感觉。

我们到底是吃肉长大的，虽然也知道吃素的好处，但只有在其中取得平衡，才是最美味的。不管是中菜或西餐，荤菜或斋菜，取平衡才是大道理。

大众印象中最坏的，还是猪油。这完全是一个错误的观念，我早就说猪油好吃，猪肉最香，大家都反对，我也给人家骂惯了，不觉什么。

最近的医学报告都证实了猪油最健康，人类应该多吃，但是如果天天把一大块肥猪肉塞在我嘴中，也有被一个胖女人压身上的感觉。

卤五花腩时，加海鲜才是最高明的烹调法，加上蔬菜，那更调和了。试包一顿水饺吧，单单以肥猪肉当馅，总会吃厌，加了白菜，就美了。但是像山东人一样加海参、海肠，那就是鲜味的个中乐趣。

洋人也不是完全不懂的，像澳大利亚有道菜叫地毯包乞丐牛排（Carpetbagger Steak），就是把牛排中间开一刀，再将大量生蚝塞进去。最初的菜谱还加了红辣椒粉，最新的做法是加伍斯特辣酱（Worcestershire sauce），上桌时将牛排架起，用一片肥肉培根包扎起来。另一做法是用万里香、龙蒿、柠檬、酸子来腌制，最后跟一杯甜贵腐酒，完美。

买菜的艺术

广东道和奶路臣街之间的旺角市集是我最喜欢去的一个菜市场。

不要误会,我指的并不是政府建的那个菜市场,而是街上的和路旁的小店铺及摊档。第一,它有个性,摆到道路中央,警察每天来抓,等他们走后,小贩摆满货物,大做其生意。

买菜,是一种艺术,和烹饪是呼应的。好厨子不规定今晚要炒些什么,看当天有什么新鲜或新奇的食材,就弄什么菜。

当然,无可选择的酒楼师傅又另当别论。而且,菜色一商业化,就失去了私人的格调和热爱,也是极可悲之事。

怎么样能买到好食材呢?以什么水平评定它的优劣?

这都要靠经验和爱好,没得教。

像一个门店的学徒，他不是一生下来就会鉴定一件东西的好坏和价值，必要多看、多吃亏，最后才能成为高手。

到菜市场去逛一圈，就像去了字画铺，像进一个古董拍卖场，必须从容不迫，悠闲选择。

最贵的食材并不一定是最好的。比方说猪肉吧，猪排、梅肉条等部位价高，但是一头猪最好吃的部位包围在肺部外层，俗称"猪肺捆"。它的肉纤维短而幼细，又略带肥肉和软骨，味浓而香，是上上肉，也是价钱最低微的肉。炒、红烧等皆可，滚汤更是一流。

煮完捞出来切片，蘸浓酱油和大蒜蓉，美味无比，试试就知。如遇新鲜者，择而购之，肉贩都会称赞你。

在市场游荡之间，忽然，你的眼睛一亮，因为你看到一种新鲜得发光的食材，你的脑中即刻盘算要以什么菜去陪衬它后，便要狠狠下手去买，贵一点也不成问题。

菜市场的菜，贵极有限，少打一场麻将，少输几场马，少买几张彩票，已经足够你买任何一样东西。

逛菜市场是最享受的时候，有如追求女人。等到下手去买，便等于追到手了。

白灼

把生的食物变成熟的,最好的方法莫过于白灼了。

原汁原味,灼完的汤又可口,何乐不为?

但是过生、血淋淋,或猪内脏之一类,不能吃半生半熟的;过熟的话,肉质变老了,像嚼发泡胶,暴殄天物。

要灼得刚好,实在要多年的下厨经验才能做到。

有一个简单的方法可以试试,那就是锅要大,滚了一锅水,下点油盐,把肉切成薄片后扔进去。水被冷的肉类冲击,就不滚了。这时,用个铁网漏勺把肉捞起,等待水再次滚了,又把肉扔进去,即刻熄火。余热会把肉弄得刚刚够熟,是完美的白灼。

有很多地道的小吃都是以白灼为主,像福建的街边档,一格格的格子中摆着已经准备好的猪肝、猪心、猪煲等。客人要一碗面的话，在另一个炉子中煮熟，再将上述食料灼它一灼，铺在面上，最后淋上最滚最热的汤，即成，这碗猪杂面，天下美味。

香港的云吞面档有时也卖白灼牛肉，但可惜牛肉都经过苏打粉腌泡，灼出来的东西虽然软熟，但也没什么牛肉味可言。

怀念的是避风塘当年的白灼粉肠。粉肠是猪杂中最难处理的，要将它灼得刚刚好只有艇上的小贩才做得到。灼后淋上熟油和生抽，那种美味自从避风塘消失后就没尝过。

其实任何食物都可以白灼，总比炸的和烤的简单，如果时间无法控制的话，选猪颈肉好了，它过老了也不会硬。

一般人都以为蚝油和白灼是最佳拍档，但我认为蚝油最破坏白灼的精神，把食物千篇一律化。要加蚝油的话，不如舀一汤匙凝固后的猪油，看那团白色的东西在灼熟的菜肉上慢慢地熔化。此时香味扑鼻，连吞白饭三大碗，面不改色。

部位

一碟白切鸡上桌,你会先选哪一个部位吃?洋人当然挑鸡胸肉,或者鸡腿。东方老饕则喜欢吃带骨的部分,没肉都不要紧。

牛的休积较大,选起来不容易,要看做什么菜吃什么部位。炒芥蓝的话,最好用牛肉档内行人说的所谓的"封门腱",切成薄片,炒起来虽有点韧,但是很香。煲牛腩的当然用崩沙腩这个部位,带肉带筋,才好吃。肥牛用来打边炉。牛尾烧罗宋汤。但说到变化,还是牛膝,除了吃肉,还能享受骨中的髓。

羊肉则是在羊腰附近的肥膏最美。羊腿吃起很豪放,像鲁智深一样抓着猛啃,快活至极,膻味,不可缺少。

猪肉每一个部位都美味,最高境界是肚腩的三层肉或叫五花腩的。红烧起来,隔条街都能闻到,做东坡肉,更是绝品。

将五花腩切片，和四川榨菜一起铺在白饭上，加点虾酱，炮制出来的煲饭，一流。相比之下，背脊部分的肉排就被比了下去，但洋人喜欢，家政助理也最为拿手，没话说。不过用上等的黑猪来做的吉列猪排，肉柔软得也可以用筷子切开。

猪手、猪脚煲糖醋姜，猪皮烤得脆啪啪，猪头肉拿来卤，都是好食材，至于猪尾，煲花生，也百食不厌。当年猪颈部位，内行人所谓的"肉青"没什么人会欣赏，只用来做腊肠，因为价贱。我曾经大力推广，现在大家都爱吃。如今可以再介绍包在猪肺外面的那层薄肉，叫猪肺捆，也是一个冷门的部位，它带点筋，煲起汤来绝不输猪腱，值得一试。

看菜

"菜一上桌,你就看得出好不好吃?"小朋友问。

当然还是尝过之后再下定论最准确,但因经验的累积,一般能观察出水平的高低。菜肴讲究的是色香味,那个"色"字,就是指标。

别说其他,饭前的冷菜或小碟,看看已能判断。太玄妙了,不如举实例。

吃宁波菜时,上一碟烤麸,一看就知不行。为什么?那面筋是刀切的。麸块要手撕,汁才入味,就那么简单。

如果连这一点功夫都做不好,这家人其他菜品好吃的也极有限,不必猜测。

潮州菜通常奉送一碟咸酸菜,当今也许要算钱,看到碟中的东西颜色似染的,已经碰都不必去碰。

色泽鲜艳的酸菜,上面再撒些南姜蓉,这家人的水平一定高。至于味道是太咸或太甜,那是个人喜恶。

韩国菜也是一样,少不了的金渍(韩式泡菜),辣椒粉加得不够,颜色就不鲜红。白菜太过白的话,泡的时间不足。如果看到泡菜之中还有些松子,表示不错。瓣与瓣之间夹了鱼肠,那很地道。要是把泡菜酿在一个巨大的梨中,那么这一餐将是毕生难忘。

西餐一样。如果上桌的面包不是店里烤出来的,味道好不到哪儿去。

切功也很重要。杭州菜的小碟马兰头,切得太粗,或者豆腐干切太大,不必尝味已知不好吃。

山东菜的腰花,花纹不美,片得不够薄,吃起来必有尿味。

来看大菜。看到焗鲤鱼时,鱼鳞不是竖起来的,那是死鱼。生命力那么强的鲤鱼还养不活,这家人的菜恐怖到极点。

原则上,难吃的东西吃得多了,就能看得出来。

基础菜

大荣华的老板梁先生请我们一群去吃虾。

乘火车到罗湖,再转包车,直奔深圳机场附近。见一片片的水田,养的是基围虾。

树皮搭的屋子中,已准备好。最先上桌的是开边的麻虾,食指般粗,用炸过的蒜蓉蒸,虾头膏美,肉鲜甜。接着是白灼基围虾和炒狗虾。三虾三味,各不同。

我一向对基围虾没有好感,到底比不上在海洋中游水的虾鲜甜,但是这次吃到的,说是养过,只有一代左右,肉还是够味,吃完颈部还流比味精更甜的汁液,味道久久不散。

台湾有一种草虾,一养几代,像一个满口美国腔的洋女,白灼后颜色艳红,但一吃,却似嚼发泡胶,一点味道也没有。

是天下最难啃的东西之一。

另一种我从来未尝过的鱼,皮厚,肉呈褐黑色,细细长长,斩成数段炒,也很鲜美,有个古怪的名字,叫"蛇耕"。蛇是没错,那个"耕"字到底是不是这么写,就不清楚了。友人说小时候常吃,长大了再也没见过,可能是因为污染而濒临绝种。

肉类菜肴则有白烫鸭,用一个热锅把鸭烫得半焦上桌;另外有只白斩鸡,当然是主人养的走地鸡,肉略硬,但细嚼后亦口齿留香。

最后是黄油蟹,好吃不在话下。梁先生提一个背包前来,打开了是一小型的手提雪柜,向主人要了数只黄油蟹装进去,说要拿回香港。他的朋友在元朗有个鱼池,所养乌头最肥美,供应给梁先生用于宴客,所以梁先生拿蟹报答。把好东西与吾等共享,梁先生是真正的食神。

这次吃到的是一顿最基础的菜,无花无巧。吃东西要懂得欣赏基础,才能毕业,如同学画的人,如果不懂得素描,一下子跳到抽象派,是死路一条。

笋

走过南货店,见冬笋,非常新鲜肥美。

"怎么做?"向店里的人请教,是学习烹调的基本。

"切丝,和腊肉、百叶煮汤呀!要不然,做烤麸。上海人这个时候,最爱用它来做油焖。"他回答。

"做腌笃鲜不是要用干笋尖吗?"我问。

"笋尖是春天的,一长出来就割了,春笋又是另外一个味道,特点是又长又尖。"

"夏天呢?夏天笋又是怎么一个样子?"我好奇地追问。

"夏天飙出来的,都是一些大型的笋。有些很苦,会刺激喉咙,所以有的是晒成大笋干,像台湾人喜欢吃的那种;有些腌得酸溜溜的,加辣椒油。"他指着架上的玻璃瓶,"会吃上瘾的。"

"台湾有种鲜竹笋,甜得像水果,又爽又脆,煮熟后等凉了,蘸着沙律酱吃,但是我喜欢蘸豉油膏和大蒜蓉,百吃不厌。"

"这种卖价贵得要命,我们也进过货,很少会有客人出那么高的价钱去买。其实福建也有这一种笋种,就没那么贵。台湾人吃的东西,很多是福建传过去的。"

"秋天呢?有没有秋笋的?"

"很奇怪,秋天不长。"

"但是一年四季都有卖的呀!"我说。

"那是南洋笋,像泰国的天气,一年从头到尾都能长出笋来。有些笋还用硫黄泡过。"

"硫黄?我倒是第一次听到。"我说。

"中国人什么方法都想尽了。外国人做梦也没想到。"

青菜落

在星马，问女朋友："要吃什么？"

"青菜。"她们回答。

天下女人都一样，不爱做决定。

青菜是什么菜？青菜不是菜，是"随便"的意思，出自何典，听过的，已忘记。但写作态度应该严谨，上网查，也查不到，只有算了，请阅读过这篇文章的朋友指正。

有一种南洋人喜爱的食物，是虾毛酿成的，名字很好记，叫"青菜落"，应该是马来语或菲律宾语，用罗马字写成是Chinchalor。

通常装进一个像Heniz（亨氏）番茄酱的玻璃瓶里。说到这个瓶子，原来的设计被抄袭了又抄袭，实在是经典之作，线条美得不得了。

透过玻璃，我们可以看到里面的粉红色东西。仔细观察，还有小黑点，都是两点并排的，是小虾的眼睛。

"青菜落"就是用成千上万的小虾制成的。为了防腐，放大量的盐，发酵后有咸鱼的味道。

吃就是吃这种霉味了，不然吃百分百的纯盐好了。喜欢的人认为很香，洋人就掩着鼻子逃之夭夭。原始的"青菜落"用回收的玻璃瓶装，土制一个铁盖封住。盖子往往不稳，漏出虾浆来。漏得少，抹一抹算了；漏得多，整间屋子都充满腥气。

因为它装入瓶中后还不停地发酵，最好先冷藏再开盖，或小心放了气再开，不然会喷得你一身的。

吃"青菜落"有秘诀，那就是要先将几颗红葱头，香港人叫作干葱的切成薄片，然后微微地撒上糖，再挤一个叫Calamansi（酸橙）的小绿色酸甜汁上去，中和了咸味，才最好吃。Calamansi是星马和菲律宾的特产，连泰国也不生长，香港难找，可用普通柠檬代替。

当今交通方便，"青菜落"已卖到印尼杂货店，高级超市也有出售，用来蒸五花腩片，更是一流。

焗蛋和混蛋

普通的奄姆烈（煎蛋卷）属于煎蛋类，如果做西班牙的又圆又大的西班牙烘蛋饼（tortilla），那就要焗了。

用一个中型、直径二十厘米的平底锅，加橄榄油，放薯仔角进去炒熟，加洋葱，再炒。另外把西班牙香肠切片，和大蒜及西洋芫荽一起爆香，最后用锅铲把薯仔角压成蓉。

这时就可以打蛋进去了，通常那个中型的平底锅要用六个蛋，如果你想厚一点那就用八个蛋好了。

撒盐和胡椒，把蛋和其他食材慢慢翻兜，像在煎奄姆烈一样。炒至蛋浆全熟时，把一个比锅子更大的碟子盖上，翻转锅子，让蛋饼置于碟中，再放进锅，两面煎之，煎到表面略焦，就完成。

一般在店里吃到的蛋饼，都用很少蛋来煎大量的薯仔，香肠又下得吝啬，吃得很不是味道。但西班牙人说那样才正宗，自己做时随你加料，加至心满意足为止。

意大利人做的蛋饼没西班牙人那么厚，叫意式烘蛋派（frittata）。不同的是加了大量的西红柿和香草。把西红柿和薯仔从洋人的食谱拿走的话，菜就烧不成了。

一谈到混蛋，做法可多，其实任何食材都可以混入蛋中炮制。洋人多数拿来当甜品，像他们的舒芙蕾（souffle）要混入很多芝士，可丽饼（crepes）混面粉和糖，华夫饼（waffle）也要加面粉，更有其他甜面包类，都缺少不了蛋。

别忘记冰激凌也是混了鸡蛋做出来，还有数不清的鸡蛋酱呢。

这几天谈的蛋做法，只举一两个例子，如果要算全世界的蛋谱，大概至少有一万种以上吧。家庭做法很容易找到资料，等有空时，我再把大厨做鸡蛋的心得一一细述。

至今，我还是不断地寻求，遇到喜欢烧菜的人就问他们怎么做自己最爱吃的蛋。很奇怪地，每次都有意外的惊喜，如果各位有何建议，独特一点的话，请提供，编成一本蛋书，书名就叫《蛋蛋如也》吧！

猪头粽

"猪头粽"是潮州独有的送酒小吃。名叫粽,当中不含半粒米饭,也不包成三角形或长方形,基本上与粽无关。

制作猪头粽,必须选用新鲜的猪头,连肉带皮,切成块状,至于肥瘦比率如何,每家人各有配方。接着加鱼露、酱油、高粱酒、川椒,以及八角、丁香、桂皮、大小茴香等十多种香料,熬熟后置于一个特制的木盒中,上面放大石压住,挤出猪油,不剩半点水分,坚固之后就能做成。

因为中间一点空气也没有,又无水分让细菌滋生,这一块猪头粽即使没有冰箱,也能存放很久,是古人的智慧。

制成的猪头粽大小各有不同,最常见的有如一本袋装书。整块都是棕色的,当中带白,是猪耳的软骨,看起来很硬,但一切成薄片，吃进口，柔软而富有弹性，咬下去满口肉香，略带甜味，口感或介乎冻肉及肉干之间。细嚼之下，除了肉香，又有酒香、油香，以及香料的各种独特的味道同时溢出，非亲身品尝，不知其妙。

到了国外，也可以看到异曲同工的制法，个头甚大，像一个大屿山面包，吃起来有猪头肉、猪舌的味道，但口感太软，也有点异味，一般人需要很大的勇气才能接受。

当今猪头肉在香港罕见，到了"创发"还能偶尔找到，想吃的话，最好托人从乡下买来。它像火腿耐存，香料又有杀菌功力，可放心食之。

最好的牌子是"老山合"，售价并不贵，像书本一样大的，约四十港元，当今该公司又推出有如香口胶大小的，一斤约有二十片，卖八十块，到潮汕一游时顺道买来，是最佳手信。

蔡家蛋粥

在西班牙拍戏,连赶几个晚班,天昏地暗,不知今天是星期几。

黎明归来,肚子饿个叽里咕噜,本来想泡一包即食面充饥的,但又觉得太对不起自己。想起小时家人所煮的粥,一阵兴奋,好好地做一餐享受享受。

吹着口哨,用第一个炉子烧了一壶开水。打开窗户,让清凉的风吹进来,顺便听听小鸟的啼叫。

把由远方带来的虾米,丢进沸水中,先冲去过量的盐分,倒掉水,再添一碗水泡出虾米的鲜味。

把昨天吃剩的硬米饭放进锅中,第二个炉子已热,加入虾米和鲜汁,滚它十几分钟。

这过程中，快刀切小红葱成细片，在第三个炉中以慢火加猪油煎至金黄。另将芫菜和青葱剁烂，放在一旁备用。

猪肉挑选连在排骨边的小横肌，这种肉煮久也不会变硬，而且香味十足，价钱很便宜。

猪肉切片后扔进粥中，使汤中除了虾米，还有别的味道变化。豪华一点可加火腿丝，但是不能太多，否则喧宾夺主。

准备功夫已经做好，再下来的一切工序都是瞬间的事。

所以态度绝对要从容，按部就班，时间一秒也不可有差错。

粥已滚得发泡，抓定主意，一、二、三，选两个肥鸡蛋打进去。

打鸡蛋壳原则上要用单手，往锅边一敲，食指、中指、大拇指三个手指把蛋壳撑开，等鸡蛋入锅后即丢掉第一个蛋壳，随着投入第二个鸡蛋。记住，用双手打开鸡蛋，是对鸡蛋不敬。

闪电般地用勺子把鸡蛋和粥捣匀，滴进鱼露，随即撒些冬菜，加入青葱和芫菜，最后，加以黑胡椒粉完成。

用小碗盛之，入口前，添几茶匙爆香的小红葱猪油。

香味喷出。听到敲门声，隔壁的同事，拿着空碗排队等待，口水直流。

法式田鸡腿

在法国南部吃了田鸡腿，念念不忘。

回到香港去了几家法国餐厅，均不满意，不是那个味道，唯有自己炮制。

参考了许多法国菜谱，包括 Julia Child（朱莉娅·查尔德）写的 *Mastering the Art of French Cooking*（《掌握法国烹调艺术》），不得要领，只能凭记忆和想象重创。

到九龙城街市，走过那档卖田鸡的，看到的田鸡不是很大。

田鸡最肥大的来自印尼，那两条腿像游泳健将般粗，肉质也不因大而生硬，是很好的食材，但并非这次的选择。

小贩剥杀田鸡，总是件残忍事，不看为清净。丰子恺先生也说过，吃肉时不亲自屠宰，有护生之心，少罪过。

再去外国食品店买了一块牛油、一升牛奶和一些西洋芫荽,即能开始做菜。

先把田鸡腿洗干净,用厨房用纸把水吸干了,放在一旁备用。

火要猛,把牛油放进平底锅中,等油冒烟下大量的蒜蓉。

爆香后放田鸡腿去煎,火不够大的话全部煎熟,肉便太老,猛火之下,田鸡腿的表面很快就带点焦黄,里面的肉还是生的。

这时加点牛奶,让温度下降,田鸡腿和奶油配合得很好,再把芫荽碎撒下去,加点胡椒,动作要快,紧跟便是下白酒了。

用陈年佳酿最好,不然加州白酒也行,加州酒只限来做菜。带甜的德国蓝尼也能将就。但烧法国菜嘛,至少来一瓶Pouilly-Fuisse(普伊-富赛)吧。

酒一下,即刻用锅盖盖住,就可以把火熄了,大功告成。

虽然没有法国大厨指导,做出来的还蛮像样,但只能自己吃,不可公开献丑。

吃完,晚上还是去"天香楼",叫一碟烟熏田鸡腿,补足数。

鲱鱼的味道

有一则外电新闻，说荷兰人看到法国人推销"宝血丽"新酒成功，自己发明了卖新鲜的鲱鱼（herring），六月底发售，成为时尚。

荷兰人真的很爱吃鲱鱼，街头巷尾各有一档。客人站着，向小贩要了一客，拿起来，抬高头，整尾吃下去，而且是生的。

其实这只是一个印象，真正的荷兰鲱鱼，炮制发酵过，并非全生。吃时拌着洋葱碎。遇到新酿好的，一点也不像想象中那么腥，甜美得要命，不吃过不知其味。

整尾吃，虽然形象极佳，雄赳赳，像个吞剑士，好看得不得了。但这种吃法，洋葱碎都掉在碟中，没有它来调和，味道逊色得多。

最佳吃法，是请小贩把鱼切成四块，捞起洋葱一起细嚼，才能品尝到它的滋味。而且，一面吃鱼，一面喝烈酒，才过瘾。

酒名 Korenwijn，是用麦芽提炼又提炼，至最强烈状态。无色亦无香，像喝纯酒精。喝的方法也得按照古人，那是用中指、无名指和尾指勾住大啤酒杯的手把，再以拇指和食指抓装着 Korenwijn 的小酒杯，徐徐倒入啤酒之中，再饮之。

这种喝法极难做到，但入乡随俗，可以买大小酒杯各一，在冲凉时练习，等纯熟了，到街上去，以此法喝之，小贩和路过的人，看到了都会拍烂手掌。

基于日本料理世界流行，吃生鱼已不是一件什么新奇事，对荷兰的鲱鱼感兴趣的人愈来愈多，当地人也说那是荷兰寿司（Dutch Sushi），简单明了。

吃鲱鱼时，夹的洋葱，令我回忆起洋葱花。丁雄泉先生的画室中插满这种花，白的红的黄的，一股强烈的洋葱气味，久久不散。

当年常去阿姆斯特丹探望丁雄泉先生，今时他已仙游，我没有什么理由再去。不过，一想起鲱鱼，就怀念他老人家。为了鲱鱼，为了和丁先生一起去看的那棵大树，我还是会重访。

醉人的早餐

我的母亲生前是一个酒鬼。她早、午、晚都喝白兰地。当我的好朋友倪匡在新加坡拜访我们时,我们给他买了早餐。我点了一桌当地美食。妈妈不知从哪儿掏出一大瓶白兰地,叫倪匡"喝了"!

倪彬彬有礼地说:"但早上喝酒好像有点罪恶感。"

我妈妈冷静地回答:"孩子,巴黎现在是晚上了。"

时间的概念很有趣。

这是发生在东京筑地市场的另一个故事。清晨的时候,你可以在小餐馆里找到最新鲜、最便宜的鱼。这里是鱼贩们辛苦了一夜之后聚集的地方。有一次,我遇到一个酗酒的人,我问他:"老头子,你怎么一大早就喝酒了?"

他回答说:"年轻人,你为什么晚上喝酒?"

你看,中午或晚上吃龙虾并不稀奇,但如果早上吃,就成了最大的奢侈。星期天早上我总是去鱼市买一只大龙虾当早餐。首先,你将龙虾放在砧板上,然后将一些白醋倒入碗中,再将左手手指浸入其中。这样你就可以抓住龙虾牢牢地不滑走。用一把锋利的刀,砍掉头部并将其切成两半。将头部放入燃烧的木炭中,撒上盐,然后慢慢烧烤。

接下来,把龙虾翻过来。用一把剪刀,把腹部的两边剪下来,把尾巴拿出来。将尾肉垂直切几下,然后将它们切成薄片。把它们扔进一大碗冰水里,看着龙虾肉像花一样盛开。将花朵一一排在盘子上,将红辣椒和绿香菜切小块,像花蕊一样放在中间。将花朵浸入酱油和芥末中,像享用生鱼片一样。

同时,将腿和壳煮成汤,你可以在其中加入豆腐、生菜和任何你喜欢的蔬菜。

当你闻到烤龙虾头的香味时,你就可以吃了!

最后,打开一瓶香槟,播放莫扎特的音乐。

一顿完美的早餐。

家常汤

"你喝些什么汤?"记者问。

最好喝的当然不是什么鱼翅、鲍鱼之类的汤,而是家常的美味。每天煲的汤,当然用最容易买到的当季食材。

今天喝些什么呢?想不出来,往九龙城菜市场走一趟,即刻能决定。

看到肥肥胖胖的莲藕,就想到章鱼莲藕猪骨汤了。回到家里,拿出从韩国买回来的巨大八爪鱼干来,洗个干净,用剪刀分为几块,放进陶瓷煲内。排骨选尾龙骨那一大块,肉虽少,但骨头最出味,极甜。另外把莲藕切成大块放入煲内,煲两三个钟头。煲出来的汤是粉红色的,就是上海人倪匡兄最初见到、形容不出,把它叫为"暧昧"的颜色。他试过一口即爱上,佩服广东人怎么想得出来。

当今天气炎热,蔬菜不甜又老,最好还是吃瓜。而瓜类之中,我最爱的还是苦瓜。将小排骨,即肉排最下面那几条,斩成小块,加大量黄豆。苦瓜切成大片,最后加进去煮才不会太烂。这口汤,也是甜得要命,带点苦味来变化,的确百喝不厌。

至于要煲多久,全凭经验,有心人失败过几次就能掌握窍门。一直喊不会煲汤的人,是懒人。

虽说天热蔬菜不佳,但也有例外,像空心菜,也叫蕹菜,就愈热愈美。买一大把回来,先把江鱼仔,就是鳀鱼干——到处能买到,但在马来西亚槟城买到的最鲜甜——中间的那条骨去掉,分为两半,滚它两滚,味出,即下空心菜和大量蒜头,煮出来的汤也异常美味。

老火汤太浓,不宜天天喝,要煮这种简单的清汤来中和一下。

清爽一点的还有鲩鱼片芫荽汤。鲩鱼每个街市都有卖,买肚腩那块,去掉大骨,切成薄片。先把大量芫荽放进去滚,汤一滚,投入鲩鱼片,即收火。这时的汤是碧绿色的,又漂亮又鲜甜。

我喜欢的汤,是好喝之余,汤渣还能吃个半天的。像红萝卜煲粟米汤,粟米要买最甜的那种,请小贩们介绍好了,自己分辨不出的。如果要有疗效的，那么放大量的粟米须好了，可清肺。放排骨煲个一小时，喝完汤捞出粟米，蘸点酱油来啃，可当点心。

说到萝卜，青红萝卜煲牛腱不错，最好是五花腱，再放几粒大蜜枣，一定好喝。从前，方太还教了我一招，那就是切几片四川榨菜进去，味道变复杂，口感爽脆。牛腱捞出切片，淋上些蚝油，又是一道好菜。

花生煲猪尾也好喝，大量大粒的生花生下锅，和猪尾煲一两个小时，汤又浓又甜。我发现正餐之前，肚子饿的话，最好别乱吃东西，否则影响胃口，这时吃几小碗花生好了。猪尾只吃一两小段。其实当今的猪，尾巴都短，要多吃也吃不到。

猪尾、猪手，毛一定要刮干净，除了用火枪烧之，就是用剃刀仔细刮个清清楚楚，不然吃到皮上的硬毛，心中也会发毛。有时怎么清理都会剩下一些硬毛，是最讨厌的事。我曾经一而再再而三地问那些猪脚专门店的人如何去毛，他们也说除了上述做法，没有其他办法。

说到猪脚，北方人多数不会介意前蹄或后脚，广东人叫前蹄为猪手，后蹄为猪脚，就容易分辨。总之，肉多的是脚，骨头和筋多的就是手了。

当今南洋肉骨茶也开始流行起来。到肉贩处买排骨时，吩咐要肉少的首条排骨（肉太多了，一吃就饱），再去超市买肉骨茶汤包，放进锅里煲它两个小时就能上桌。别忘记放蒜头，一整颗，可先用汽水瓶盖刮去尾部的细沙。喝汤时会发现蒜头比肉美味。如果要求高些，当然要买最正宗、最好喝的新加坡"黄亚细"汤包，虽然比一般的价位高，但是值得的。煲汤时除了排骨，可放粉肠及猪肝，猪腰则到最后上汤时灼一灼即可。

在家难于处理的是杏仁白肺汤，可给多点钱请肉贩为你洗个干净。加入猪骨和杏仁进去煲，煲至一半，另取一撮杏仁用打磨机磨碎再加入。这么一来，杏仁味才够浓。

要汤味浓，也只有用这种方法。像煲西洋菜陈皮汤，四五个人喝的分量，最少要用五斤的西洋菜，一半一早就煲，另一半打碎了再煲。肉最好是用带肥的五花腩，煲出来油都被西洋菜吸去，不会太腻。总之要"以本伤人"，煲出一大堆汤渣来也可当菜吃。

另一种一般家庭已经少煲的汤是生熟地汤。用大量猪肉、猪骨，煲出黑漆漆的汤来，北方人一见就怕，我们笑嘻嘻地喝个不停，对身体又好。

跳出框框来个汤最好。当今的冬瓜盅喝惯了，已不觉有何特别，最近在顺德喝的，不是把冬瓜直放，切开四分之一的口来做，而是把冬瓜摆横，开三分之一的口；瓜口不放夜香花，而以姜花来代替。里面的料是一样的,但拿出来时扮相吓人,当然觉得更好喝了。

不过我喝过的最佳冬瓜盅,是和家父合作的。他老人家在瓜上用毛笔题首禅诗,我用刻图章的刀雕出图案,如今已成美好的回忆。

土炮[①]

到各地旅行，最爱喝的是当地的土炮，最原汁原味，与食物配合得最佳。

在韩国，非喝他们的马格利（Makkari）不可，那是一种稠酒般的饮料，酒糟味很重，不停地发酵，愈发酵愈酸，酒精的含量也愈多。

当年韩国贫穷，不许国民每天吃白米饭，一定要混上些小麦或高粱等杂粮，马格利也不用纯米酿，颜色像咖啡加奶，很恐怖，但也非常可口，和烤肉一块吃喝，天衣无缝。

---

① 土炮：粤语，粤西一带俗指农家用纯米自酿的米酒，一般度数较高、口感醇烈、后劲大。此处意思为当地的酒。

后来在日本的韩国街中，喝到纯白米酿的马格利，才知道它无比地香醇，买了1.8千克的一大瓶回家，坐在电车上，摇摇晃晃的，还在发酵的酒中气泡膨胀了，忽然"啪"的一声，瓶塞飞出，酒洒得整车，记忆犹新。

当今这种土炮已变成了时尚，韩国各餐厅都出售，可惜的是加了防腐剂，停止发酵，就没那么好喝了。去到乡下，还可以喝到刚酿好的，酸酸甜甜，很容易入喉，一下子就醉。

意大利土炮叫Grappa，我把它翻译成果乐葩，它用葡萄皮和枝酿制，蒸馏了又蒸馏，酒精度数高，本来是用作饭后酒，但餐前灌它一两杯，那顿饭一定吃得兴高采烈，而且胃口大开，才明白意大利人为什么把那一大碟意粉当为前菜。

前南斯拉夫人的土炮叫Slivovitz，用杏子做的，也是提炼又提炼，致命地强烈，他们不是一杯杯算，而是按英尺算，用小玻璃瓶装着，排成一英尺。南斯拉夫食物粗糙，喝到半英尺，什么难吃的都能吞下。

土耳其的Raki和希腊的Ouzo，都是强烈的茴香味浓烈酒，和法国乡下人喝的Ricard以及Pernod都属同一派的，只有这种土炮不用与食物配合，被当成消化剂喝，它勾了水之后颜色像滴露，喝了味道也像滴露。

天下最厉害的土炮，应该是法国的Absente，颜色碧绿得有点像毒药，喝了会产生幻觉，我猜测凡·高的名画《星月夜》就是他喝了这种酒后画出来的，当今也有的出售，可惜已不迷幻了。

快乐的水

吃意大利菜时，别人白酒餐酒红酒，我却独爱饮一种叫Grappa的烈酒，整顿饭从头到尾，喝个不停。

"那是一种餐后酒呀。"守吃饭规则的人说。

我才不管那么多，自己喜欢就是。三杯下肚，人就快活了起来。Grappa不像白兰地、威士忌，至今还没有中文名，我把它音译为"果乐葩"，又叫它"快乐的水"。

写过一篇关于此酒的专栏，接到一位意大利小姐Renza的电话，她通过"义生洋行"找到我，说一口标准的国语，想约见面。

我也好奇。遇到时她说："我代表一家叫Alexander的公司，这个叫Bottega的家族专做Grappa，我很喜欢你翻译的名字，向我的老板山度士说了，他派我来邀请你到我们的酒庄。"

原来此妹在北京留过学，当今负责该公司的外联工作。我对她说："啊，Alexander Grappa，我知道，玻璃瓶中有一串玻璃葡萄，是不是？"

这酒厂的产品在国际机场中的免税店出售，瓶中的花样，除了葡萄之外还有种种的造型，像艺术品，给人留下深刻的印象。

"你开朗的个性和山度士很相像，你们会一见如故的。"她说。

刚好，我有一个旅行团到庞马区吃火腿和芝士，就顺道到Bottega酒庄一游。我们两个人见面，果然如她所说。意大利人热情，他像亲兄弟一样拥抱起我来。

在一间露天的餐厅里，山度士把酒一瓶又一瓶拿出来。加上永远吃不完的食物，当天酒醉饭饱，山度士还不让我们休息，带我们去他的玻璃厂看看。

其实工厂和酒庄离威尼斯很近，只有四十多公里，也承继了威尼斯做玻璃的传统。请了一批著名的Murano（穆拉诺岛）工匠在他的工厂大制Alexander瓶子。

以为把一串玻璃葡萄放入瓶中，是一件难事，看后才知奥妙，原来工匠先用烧红的硅吹出一个个的小泡泡，像串葡萄，然后放进一个没有底的酒瓶中,趁热时连接在瓶壁,最后才封上瓶底,大功告成。虽说简单,但一个瓶子从开始到完成,也得花四十五分钟左右,都由人手制作,永不靠机器,所以每一串葡萄的形状都不一样。

工匠表演得兴起,再把玻璃液沾上红色,捏成一片片的花瓣,再组成一朵玫瑰,又连接在瓶中,众人看了都拍掌称好。

山度士这次又来到亚洲,带了很多酒和饮食界的友人分享。没有喝过的人问他最基本的问题:"什么叫果乐萉?"

"一般人的印象,果乐萉是由废物酿成。是的,的确是废物,用的是葡萄的皮。大家都以为葡萄汁和葡萄肉最好,但我们知道,所有果实的皮是最香的,而且不管是汁、是肉或是皮,混成制酒的葡萄浆,是一样的,最后蒸馏出来的烈酒都相同,只是果乐萉全用皮,香味更重。"

"别的国家没有果乐萉吗?"有人问。

"意大利在一五七六年定下的法律,非常严格地管制,只可以用意大利生产的葡萄,在意大利酿制,才可以叫果乐萉。"

"果乐萉有什么好?"香港人一向最关心的问题。

"啊。"山度士笑了,"第一,它是抗忧郁的,喝一小杯,你就快乐,像蔡先生所说,是种快乐酒。第二,它能抗坏的胆固醇。第三,它防心脏病。第四,可预防胆结石。第五,它帮助消化。第六，一大杯果乐葩，比一小杯果汁的卡路里低许多。第七……"山度士滔滔不绝地讲下去，我在他背上一按，他停了下来。

事前，山度士向我说："我们意大利人一开口，就说个不停，你听到我说多了，就在我背上一按好了。"

我们这次试过Alexander厂的大部分产品，先从汽酒开始，Prosecco（普西哥，白葡萄品种）的和香槟相似，Moscato（莫斯卡托，白葡萄品种）的带甜，是我上次到意大利时喝上瘾的甜汽酒，酒精度只有六度，另有一种粉红色汽酒。山度士说所赚的钱，都捐给乳癌基金会。

接着是果乐葩，Prosecco和Moscato味，以及藏入烧焦木桶的Fume（烟熏）果乐葩，酒精度在三十八度。大家都发现这是一种非常适合中国人喝的酒，强度有如中国白酒，香味更浓，而且，喝醉了，不会像白酒那样，臭个三天。

"还是没有白酒厉害。"有些人说。

山度士又再拿出一瓶白金牌，叫Alexander Platinum，酒精度六十度，问你厉不厉害。我们逐一试去，最后结论是酒精度愈强的果乐葩愈好喝。

也非一味是烈，山度士说果乐葩很好玩，可剥意大利柠檬的皮，做柠檬酒，制成柠檬雪糕和沙葩最佳，名叫

Limoncino。另一种 Gianduia，用榛子浆和巧克力制成，是做蛋糕的好配料。Fior Di Latte 则为白巧克力酒，而 Rosolio 有浓厚的玫瑰味。

最后，山度士拿出一瓶香水，原来只是把果乐葩放进精制的香水瓶里，往身上一喷，说："和女朋友幽会，回家前洒一洒，可以消除女人的体香。"

大家都笑个不停，这笑话并非佳作，那是果乐葩的效应。

茶在心间

要出远门,当然要准备好茶叶,至于要不要带个茶盅,犹豫了一阵子。

拿个蓝花米通去吧。茶叶铺的老板陈先生说:"这种茶盅随时可以买到,打破了也不可惜。"对惯于旅行的人,行李中的每一件物品都计算过,判断是否必需,方携之。沏茶总不会是个问题吧?最后决定,还是放弃了茶盅。

这一来可好,往后的一些日子,这个决定带来许多麻烦,但也有无尽的乐趣。

到达墨西哥,第一件事便是找滚水。我的天,当地人是不用的。他们根本就不喜欢喝茶,只爱咖啡。咖啡并非冲的而是煮的,一锅锅地炮制,便没有多余的滚水了。

滚水的西班牙语是"agua caricante","水热"的意思。拼命向人家要"水热""水热"。他们不知道我要"水热"干什么,结果也依了我,跑到厨房去生火,他们没有水壶或水煲,用个煮汤用的锅子,把水煮沸了交给我。

拿到房间把茶叶撒进去,根本谈不上沏茶,简直是煮茶,真是暴殄天物。

对着这锅茶怎么办?也不能把嘴靠近锅边喝,烫死人。只有倒入水杯。"砰"的一声,玻璃杯破了,差点把手割伤。

第二天,忍不住去买了个原始型电水壶,此种简单的电器,墨西哥卖得真贵,三百六十港币。

有了电水壶没有茶壶怎么办?这次不敢直接冲滚水入玻璃杯,但也不能将茶叶扔进电水壶里呀!

想个半天,有了,从行李中拿出一个小热水瓶来,这是我出外景必备的工具。有一次在冰天雪地的韩国雪岳山中,梳妆师傅细彭姑爬上雪山时还带着个热水瓶,我嫌她累赘,想不到拍到一半,快冻僵时,她从热水瓶中倒出一杯铁观音来给我,令我感动不已。从此之后,我向她学习,每到外景地前先沏好一壶茶,让最勤快的工作人员欣赏欣赏。

把茶叶放进热水瓶,再将滚水倒进去,用牙刷柄隔着茶叶,第一泡倒掉,再次注入热水。

沏出来的茶很浓,好在用的是普洱,要是铁观音就太苦涩了。饮用时倒进杯中,茶叶渣跟着冲出来,半杯茶水半杯叶,也只有闭着眼睛喝了。

演员跟着来到,先是黎明把我的电热水壶借去泡公仔面。还给我时,叶玉卿又来拿去。这一借,没完了,我也不好意思为了一个小热水壶和人家翻脸,算了,另想办法。

走过一家手工艺品商店,哈哈,被我找到了一个茶壶,画着古印第安人抽象的蓝花,很是悦目,即刻买下来。

再到超级市场去进货,想多买一个热水壶,但是被香港来的工作人员一下子买光。小镇上,再也难找到。

索性全副武装,购入一个电炉,再买个铁底瓷面的锅,一方面可以煮水,一方面又能煮食。

回到小房间,却找不到插座头:灯是壁灯,电风扇挂在天花板上,只有洗手间那个插电须刨子的能够勉强使用。

水快沸,心中大乐,这次只许成功不许失败。把茶叶装入茶壶,注入滚水。

准备好茶杯,倒茶进去。又是半杯茶叶半杯水的一杯茶。原来买的是咖啡壶而不是茶壶。注水口大,没有东西隔着,所以有此现象。

经过几番折腾,后悔当初不把那个茶盅带来,中国人发明的茶盅实在简单方便实用，到现在才知道它的好处。

终于，在五金铺中指手画脚，硬要他们卖给我一小方块铁纱，店员干脆说："不要钱，送给你。"

老大欢喜地把那片铁纱拿回酒店，贴在咖啡壶内注水口上，这一来，才真正地享受到一杯好茶。

在没有喝茶习惯的国家中，我遭了好些罪。上次在西班牙，向他们要滚水的时候，他们把有汽的矿泉水煮给我，泡出来的茶有股亚摩尼亚味，恐怖至极。

之后，我已不要求什么铁观音、普洱，只要有立顿黄色茶包已很满足。没有滚水？好，要杯咖啡，再把三个茶包扔进去浸，来杯"鸳鸯"算了。

我们这次的外景，最大享受是回到旅馆，每个人都把他们的临时泡茶工具拿出来，你沏一杯，我沏一杯，什么茶都不要紧，只要不是咖啡就行。喝入口，比什么陈年白兰地更加美味。

日本的茶道，那不过是依足陆羽的《茶经》去做，很多人骂他们只注重仪式，但也是悠闲生活的一个方面呀！台湾人冲工夫茶更是愈来愈繁复，先用一个竹夹子把小茶盅中的茶叶夹出来，再来个小竹筒盛新茶装入，沏后倒入一大杯，再注入几杯，把空杯闻了一闻，再喝茶。说什么这才是真正的茶道。他们看轻日本人和香港人的喝茶方式，认为台湾产的冻顶乌龙，才真正叫作茶。

茶，要是一定那么喝，已失去茶的意思。

茶，是用来解渴的，用什么方式都不应该介意和歧视。在没有任何沏茶工具之下做出来的茶，才能进入最高的境界。

软雪糕

不知道你会不会？

我在忽然间，想吃一样东西，想到发疯了，不吃一口，周身不舒服。

像今天渴望吃到一个软雪糕，可真把人折腾了老半天。

软雪糕通常由一个大型的机器，加特别的雪糕粉和浓奶制造。一按掣，流出又香又浓的雪糕出来，用一个饼制的雪糕筒装着。讲究的，这个筒子还要现叫现做，才算高级。

也有假扮，那是把一杯普通的雪糕，放进一个小机器里，旁边有个把手，一压，就流出状似软雪糕的东西来，一点也不好吃，远之远之。

最美味的是在北海道吃到的牛奶云尼拿软雪糕，奶香十足，雪糕又浓又稠，但一点也不硬，滋味和口感都不逊意大利雪糕。吃法也不同，意大利的是做好后放进一个小长方形铁箱中，一匙匙舀出来，没有软雪糕那么柔顺，也没有如丝似绵的感觉。

言归正传，听说香港的"崇光百货"有售，软雪糕瘾一发作，即刻由九龙这边驱车前往，发现来自北海道没错，但不是软雪糕。

想起旺角有一家自助式的，又赶回来，软是软的，但吃过后觉得奶味不够浓，没有满足感。想找软雪糕车，又看不到。

City'super 有呀，朋友说。又过海，到金融中心，没看到。前几天的报纸，说九龙新开的 The One 有一档日本开的，又回到这边。

店装修得朴实光亮，由几个年轻人主管，坐了下来，才知没有软雪糕，气了起来，打电话质问友人。

那是在 City'super 的海港城店呀，回答说。好在不必通过隧道，步行去。终于，在熟食区找到了心目中的雪糕，又软又绵，天下美味。一个不够，店员说有绿茶味的，要不要试？好，但吃进口才后悔，又苦又涩，不像在日本吃到的，即刻倒进垃圾桶，再去买一个云尼拿软雪糕。店员看到我那副馋相，免费奉送，真是感谢，今天，很幸福。

贰

生活好玩，总有欢喜

要老，也得老得聪明一点；
要老，就老得快乐一点。

玩

很多年前，我写了一本书，叫《玩物养志》，也刻过同字闲章自娱，拿给师父修改。

"玩物养志？有什么不好？"冯康侯老师说，"能附庸风雅，更妙，现代的人就是不会玩，连风雅也不肯附。"

香港是一个购物天堂，但也不尽是一些外国名牌，只要肯玩，有心去玩，贵的也有，便宜的更可随手拈来。

很佩服的是苏州男子，当他们穷极无聊时，在湖边舀几片小浮萍，装入茶杯里，每天看它们增加，也是乐趣无穷。我们得用这种心态去玩，而且要进一步研究世上的浮萍到底有多少种类。从浮萍延伸到其他植物，甚至大树，最后不断观察树的苍梧，为它着迷。

研究的过程中，我们会看很多参考书，从前辈那里得到宝贵的知识，还把那个人当成知己。朋友随之增多。慢慢地，自己也有了些独特的看法，大喜。以专家自称时，看到另一本书，发现原来同样的知识数百年前古人已经知晓，才懂得什么叫羞耻，从此做人更为谦虚。

香港又是一个卧虎藏龙之地，每一行都有专家，而怎么成为专家？都是努力得来的。对一件事物发生了浓厚的兴趣，再怎么辛苦，也会去学精。当你自己成为一个或者半个专家后，就能以此谋生，不必再替别人打工了。

教你怎么赚钱的专家多的是，打开报纸的财经版，每天都有人指导你，事业成功的老板更会发表言论来炫耀。书店中充满有钱佬的回忆录和传记，把所有的都看遍，也不见得会发达。

还是教你怎么玩的书，更为好看。人活到老死，不玩对不起自己。生命对我们并不公平，我们一生下来就会哭，人生忧患识字始，长大后不如意之事十之八九，只有玩，才能得到心理平衡。

下棋、种花、养金鱼，都不必花太多钱，买一些让自己悦目的日常生活用品，也不会太破费，绝对不是玩物丧志，而是玩物养志。

玩物养志

返港后，患感冒，看来是时候休息了。但，我是一个停不下来的人，正好利用这时间玩微博，吃完睡，睡完吃。

回答一群来自各个地方的人的问题，新浪微博给他们安上"粉丝"的名字，我并不喜欢这个称呼，宁愿用回读者，或者新一点，叫为网友。

答案有时在书桌上写，有时在电视机前写，有时在床上写。iPad（平板电脑）就是有这个好处，因为它是史蒂夫·乔布斯在病榻上构思出来的。

父母教的，凡事要做，就得尽量做得最好。我不敢说我的微博最受欢迎，但至少，我是回答得最勤快的。因为在这期间可以日夜上网，读者的所有疑难，不管大小，一一满足各人要求。

微博有一个术语，叫作"刷屏"，网友一打开网站，看到的都是我的答案，就说每天被我刷屏了。

我用电脑，最大的苦恼在于不会以中文输入。曾经学过不少方法，除了手写，都失败。但手写，缺点有：一、速度慢；二、有些字，计算机认不出；三、iPad 并不支持繁体字。

回复微博的这几天，我日夜练习，已经克服了以上难题。

写惯了，就快。

计算机认不出的字，用最愚蠢的方法，先在 iPhone（手机）上下载"拼音字典"，一个个查，像"喜"是"xi"，"欢"是"huan"。久而久之，便记得。最后只要打"xh"，就跑出来"喜欢"二字，更敏捷。

简体字也学会了，加上联想功能，愈写愈快。

答得多，在微博上关注我的人随之增加，当今已百万，我将挑选一堆精简的聚集成书。内地的简体字版销路逐渐转好，已很少有盗版了，带来一些额外的收入。

这也呼应了我给年轻人的婆妈语：一切都要用功得来，并无他途。

今后在 iPad 上撰稿了，不必受传真之苦，去到哪里，写到哪里，一按键，电邮发到编辑部。

谁说玩物丧志？玩物养志才对！

身外物

日本朋友告诉我一个陶艺界的故事：

爷爷今年已经七十岁了，他所做的陶器、瓷器全国闻名，每年都要来东京的百货公司开展览会，在我们家住一晚，隔天就回乡下去。

我们家的小孩很喜欢这位爷爷，他常把一些素描给小孩看，惹他们的欢心。

一次，我们全家到爷爷的工作室去做客，见他全神贯注地在陶器上绘画，表情深刻，顽固又严肃，吓了孩子们一跳。"从前这些陶器都是粗品，现在卖得那么贵，我做了却觉得没意思了！"爷爷很喜欢喝日本清酒，醉后，总发表几句牢骚。

家里又收到爷爷寄来的包裹，打开纸箱一看，却是些碗碟和茶具，爷爷说："卖剩的，你们用好啦！"

那么有名的人做的东西，我当然收了起来，向爷爷说："不能让小孩子们用，打烂了多可惜！"

爷爷听后大喝一声："你说些什么鬼话，有形状的东西总会坏的，从小开始不用好的东西，长大之后眼光就不够！"

从此，我们家里用一个八千日元以上的东西来吃饭、喝茶。

小孩子们也记得爷爷的教训："那是些身外物！"

纸袋

满街都是提着名牌皮包的人,日本女性造反,拿纸袋去也。

很高兴能看到日本女人的抬头,她们被压抑了几千年,到当今这二十一世纪,在一个文明、发达、开放的社会之中,女人还作奴作婢,就是一个大笑话了。

艺术方面,女性的地位早已提高,但在商界或政坛,女性地位的提高还是这几年才出现的事,办公室中,女人为男同事倾茶倒水,每天还是在发生,所以有很多思想独立的女子跑到香港工作,都是因为在这里的地位较高。

何止较高,应该说世界第一高吧,你放眼一看,除了修路工人,哪一行不是女人主宰着?当年的香港旅游局,全是女人,本来缩称HKTB(Hong Kong Tourism Board),后来被戏称为HKTTB（Hong Kong Tai Tai Board）——香港太太局了。

不过日本还是一个集体行动的社会，没什么个人的意识，这种思想是根深蒂固的，你有我就有，一个买了LV，大家都要LV，得不到的话，连援交也干。

那种歪风也吹到香港，在比例上还是很少，不过在媒体渲染下，以为很多罢了，其实发生在日本的现象，过几个月后就影响到香港社会，名模也是同个道理，只不过人家教育水平普遍高，不当它是一回事，不会跑出来抗议一番，让它自然消失。

我有一个朋友是做钻石生意，他说全行业都知道，一克拉的钻石，在日本最多，当他们在七十年代经济起飞时，所有女人第一件事就是要得到一克拉钻石，排在拥有名牌手袋前面。

改用纸袋，是因为她们已有一个名牌的。日本人的底子还是很厚的，经济泡沫破了二十多年，还够吃够穿。

那是因为他们不冒险，量入而出，才保得老本，才有条件把纸袋当时尚。唉，被男人欺压了那么久，买个皮包，买颗钻石，慰藉自己一下也是应该的。

情书

早就说过，有一天，电子书会取代传统的纸版书，亚洲出版商还见不到这种迹象，以为没事，但美国的大书店已一间间倒闭，情形不太乐观。

学校的作业，未来也会由计算机代替纸笔来完成，新一代的孩子，已愈来愈少拿笔书写。他们从幼儿园开始便学习各种输入法：仓颉、九方、速成等。大家都只记得每个字的代号，忘记了字的笔顺。

方便可真是方便，在计算机键盘上敲敲，一个字还未输入完，整个句子就已经跳出来，计算机愈出愈智能，会记住你常用的句子。

渐渐地，大家都不再用笔了，日本青年现在只会在手机上按键，铅笔、原子笔碰都不碰一下，别说买了。文具店里的顾客多是老顽固。

从前，消耗纸张最多的是大公司，文件都手写，然后用复印机印出，一张张派发到各部门。秘书为老板写的备忘录、会计员的账簿、发出的通告，一切都用纸张。当今的复印机虽然还是用纸，但档案多是存在计算机中了，纸的用量减少，笔更滞销。

在计算机和电子笔记簿还没发明之前，大家都习惯用纸和笔记事：好友的通讯录、自己的日程表、书中之佳句，有用的资料，皆细心抄录在小本簿上，每用完一本，珍而重之地收藏，日后翻阅，更是无比的乐趣。

但是时代的进步是阻挡不了的，钢笔的出现打倒了毛笔，钢笔又被铅笔、原子笔代替。

不过宣纸和毛笔的魅力还是惊人，写字这种雅趣，似乎高人一等，不相信吗？试试看用毛笔写一封情书给你的女朋友吧，绝对比你在手机上发几万条短信有用，即使被她公开出来，也不会变为丑闻，只会得到羡慕的眼光。

风铃

天气冷的时候,就想起夏天。

代表暑日的是风铃。

风铃由中国人发明,日本人更喜欢这个闲情的玩意儿。就算狭小的住处,总要在屋檐下挂上一个。

辞书上,风铃出自风铎。铎者,大铃之意。风铎多数是挂在寺庙外。一休和尚在他写的《狂云集》里有首以风铃为题的诗,描述老和尚在午睡,被风铃吵醒。

十八世纪的文物中也曾记载小贩们在担架上缚着风铃叫卖面食的场景,这种面食被称为"风铃面"。可见风铃是平民的玩物,并非一般士大夫专有。

印象极深的,黑泽明利用风铃表现人物心中的杂乱。在《红胡子》里，镜头推到一摊风铃档，几百个风铃一起响声大作，震撼力极强。

风铃的形态很多，最普通的是铜钟，里面的铁片挂着一个长方形纸条，纸条上用毛笔写上俳句，我喜爱的一首是："她，是不是一个住在风铃里的女人。"

木头

记者到成龙兄的办公室，看见很多紫檀家私，觉得惊讶，询问之下，成龙说蔡澜是老师，教他收集。

对所有事物的认识，我只是一知半解，我向他说过："不过半桶水也，若称师，亦半个。"从此成龙兄叫我半个师父。

中国家具体现出浓郁的书卷气，尤其是明式的，更是简洁，隽永大方。所用木材不止于紫檀，还有花梨和酸枝。最重要的是，样子不俗气，才算是好东西。

紫檀又称紫榆，为常绿乔木，生长期可达三百年，高有三米以上，树干三十厘米直径罕见，做成家具，是极品。

印度紫檀生长于热带、印度群岛等地，会发出芬芳的气味，但花期短暂，故有一日之花的称呼，将木材剖开，会流出紫色液体。

横切紫檀，发现年轮极为细密难辨；纵剖紫檀，有牛毛状细纹。初期呈紫红色，时间一久，颜色渐转深沉，直到通体乌黑。

一般家具店的老板会教你辨别紫檀真伪的方法，那就是拿一团棉花，沾了酒精，在桌椅底部擦一擦，棉花变为紫色，就是真的。

这也能做假，紫檀家私只有底部那一块是真的。和当店的学徒一样，师傅教的，只是拿好东西来做比较。看得越多，受骗越多，那么自然而然，眼光就变尖锐了。

紫檀非常值钱，清末民初识货的欧洲人士，来到中国见到大量紫檀家具，都搬了回去，当今的明式桌椅，反而能在外国找到。如果收藏次货，不如到中外的博物馆学习欣赏。

爱上木头，发现天下树木数之不清，木纹漂亮的很多。有本参考资料由 Taschen（塔森出版社）出版，叫 *The Wood Book*（《木之书》），装在一个木箱中出售，是一本难得的书。

夜光钟表

时间,对于我来讲,是人生最重要的事,也很少有人像我这样不停地看钟看表。一生之中最多迟到两三次,约了我我却没出现,对方一定很倒霉。准时,是家父教我的美德,遵守至今。

在钟表上花的钱无数,这种工具是我最不惜工本的,见到就买。

半夜起身,不知道几点钟最烦了。我一直在追求完美的夜光钟表。

一切所谓荧光,除了有辐射之外,都是骗人的,说什么让日光一晒就可以亮个数小时,绝对没有这一回事。起身一看还是黑漆漆的,只有开灯。如果开灯就不算夜光了。

美国欧西亚(Oregon Scientific)卖的投射钟 Geo,荧光可以放映在天花板上，算是最接近的一个，但构造单薄，不按就不亮，黑夜中要找到这个钟已经很困难，不如开灯算了。

世界名厂的表，荧光涂得又厚又大。花巨款买了一个，结果半夜要用手握成一个圈，埋眼去偷窥才勉强看到时刻。身边的人见到这种怪动作，以为我是疯子。

最后，在一家百货公司中看到了一个，是用一个五十火的Halogen（卤钨）灯胆照着三角反光玻璃把荧光投射上去的，钟的形象完善，看得一清二楚，灯可以一直开，坏了换灯泡罢了。

决定买下，问价钱，四千多。英国制造的一般家庭商品，绝不会定这种价钱，看匣子上有个网址，上网去问，才卖两千，在网上邮购又帮我省了不少钱。

至于表，买到一个"波尔"牌的，用的是最新的3H光源技术，通过激光产生独特光源，具能量的微型气灯无须电池或外部光源亦能自行发光，比传统的荧光亮一百倍，又说能使用长达二十五年。在我看来，十年也足够。

夜光钟表的追寻，达到圆满的终点。

玩具

东京的一家玩具百货公司一共有八层，世界上的玩具应有尽有，小孩子们走进去，一定走不出来，大人也一样。

五合体、十合体到五十合体的凶猛机械人，坦克、航空母舰的模型，各种刀、剑、手枪、机关枪和大炮，盔甲和战袍，甚至有防弹衣，差不多没有一样不和打打杀杀相关。

我们当小孩的时候，玩具也是打打杀杀的东西，但是大多数是自己动手做的。

印象最深的是叫"饿利"的石弹子，外国小孩以单手弹，我们是用双手。左手抓着鹌鹑蛋大小的圆弹，伸出右手的中指钩着石弹，瞄准对方的弹子，大力弹出，将之击开。或者，在泥地上挖个小洞，看谁能在六七英尺的距离外将弹子滚入洞里。

坏弹子常被打破，好的光光滑滑，石质极佳。一人总有两个心爱的，装在裤子的口袋里，走起路来叽叽咯咯相碰，永不离身。

母亲缝纫机上的木线轴是很普通的玩具原料。将木心两端的圆轮用小刀切成齿形，左边用半支火柴棒顶着，用一个树胶圈绑住火柴棒，右边将由洞里伸过来的胶圈捆在一支筷子上，再转动筷子，直到弹性饱满时放在地上，手一松，那木轴便自动冲上前去。这就是我们最现代化的坦克。

被遗弃在垃圾堆的木箱子，用处更广。拆出木板，用小刀将它削成手枪形。两个树胶圈绑在枪头，另两个拉在后面备用，再于枪后做一扣针（原料也是小木块和树胶圈）。最后，爬上树采摘几十个未熟的印度樱桃籽当子弹。将弹弓拉好，手指一按，青硬的种子飞出，可以将女孩打跑。

遇见邻座的小孩呆住，我便会将吃完的荔枝核用小刀切成上下两边，再以牙签插入下半边的核中，用双指一搓，核便拼命地转。小孩大为高兴，抢着去玩，玩后自己也模仿做一个。

目前的教育制度已经把一些小孩压迫得脸部发青，小四眼佬一个个出现，今后一定变本加厉。市面上玩具虽多，总有一天，小孩们会没有余闲去玩耍。到那时，玩具厂倒闭，我将写一本图书，教他们做自己的玩具。

猫相

弟弟家三十多只猫,每一只都能叫出名字来,这不奇怪,天天看嘛。我家没养猫,但也能看猫相,盖人一生皆爱观察猫也。

猫的可爱与否,皆看其头,头大者,必让人喜欢;头小者,多讨人厌。

又,猫晚上比白天好看,因其瞳孔放大,白昼则成尖,有如怪眼,令人生畏。

眼睛为灵魂之窗,与人相同。猫瞪大了眼看你,好像知道你在想些什么,但我们绝对不知猫在想些什么,这也是可爱相。

胖猫又比瘦猫好看。前者贪吃,致发胖;后者多劳碌命,多吃不饱,或患厌食症。猫肥了因懒惰,懒洋洋的猫,虽迟钝,但也有福相;瘦猫较为灵活,但爱猫者非为其好动而喜之,否则养猴可也。

惹人爱的猫,也因个性。有些肯亲近人,有些你养它一辈子也不理你。并非家猫才驯服,野猫与你有起缘来,你走到哪儿它跟到哪儿,不因食。

猫有种种表情,喜怒哀乐,皆可察之。喜时嘴角往上翘,怒了瞪起三角眼。哀子之猫,仰天长啸;欢乐的猫,追自己的尾巴。

猫最可爱时,是当它眯上眼睛,眯与闭不同,眼睛成一条线。

要令到猫眯眼,很容易,将它下颌逆毛而搔,必眯眼。不然整只抱起来翻背,让它露出肚皮,再轻轻抚摸肚上之毛,这时它舒服得四脚朝天,任君摆布。

不管是恶猫或善猫,小的时候总是美丽的,那是因为它的眼睛大得可怜,令人爱不释手。也许这是生存之道,否则一生数胎,一定被人拿去送掉。要看可爱的猫,必守黄金教条,那是它为主人,合则任何猫,皆个可爱。

石栗随想

石栗已开花，尖沙咀东部一带的树，会有一块小牌子钉在树干上，除了拉丁学名之外，石栗更有一个普通的英文学名，叫"Candle Nuts"。

据说此树结的果，就是南洋人捣碎了用来煮咖喱的那种。我从来没有看过石栗结果，不过称得上"栗"，一定有果实吧！

夏天来临之前，石栗树顶开满似叶非叶，像花又不是花的东西，从低处望去，有如中年人的华发，由高楼俯观，更是全白一片。

每年一度，必见石栗花，要是它不开时，平平无奇；长满了花，整条界限街结了彩一般，非常壮观。花开维持三四个星期，落了有如樱花飘零，地上铺了一层雪，更是美丽。

是什么人在树干上钉了名字？市政局吗？没情趣的人会认为多此一举，浪费公款，但是如果了解了香港每一种树的树名，那不更像是多交了几位好友？

任何自然现象，都能成为研究的对象，学习之中，得知前人已做了这项工作，并有著作，那么就可以和这位仁兄沟通学习，也许自己发觉的细节，比他更清楚。如果他还在人世的话，一定欣赏我们的努力。

树之外，香港的鱼类、云朵、楼宇、小鸟，等等，都是学问，我们何必感叹知己太少呢？

要是人类生长的过程像树一样，那又有多好！别等到老才后悔。与植物共同在一年之中发芽、长叶、开花、跌落、枯去，经历了一生，明年又来过，便不那么愚笨了！

伴侣好好去照顾，时光好好去珍惜，人生必定丰满。一年又一年长成，树干一年比一年粗壮。长根长入地球的土壤里，所长叶子数万片，每一叶都供应水分——它们长大后死去，死去后又长大。

石栗树教我们的东西，实在太多。

蜻蜓随想

每年的八月初,窗外蜻蜓满天飞,多得数不清,煞是好看。

在西方,蜻蜓给人的印象并不十分好,挪威人和葡萄牙人都叫蜻蜓为"割眼睛的东西",只有我们认为它是益虫,专吃讨厌的蚊子。

有些蜻蜓的幼虫孵化过程可能维持三年至五年,但一脱壳长成后,只有几个月的寿命,一生整天飞,整天玩,真好。

越南人从蜻蜓身上得到生活的智慧,他们说:"高飞的蜻蜓,表示天晴;看到低飞的,就要下雨;飞在不高不低处,天阴。"

当顽童时,不懂得珍惜生命,常抓到一只,用母亲的缝衣线绑着,当成活生生的风筝来玩,现在想起,罪过罪过。

一两只,并不好看,多了,才有趣。一次在曼谷的文华东方酒店旁的湄南河畔，有无数的蜻蜓在飞，仔细观察，才知道它可以在空中静止，随风飘荡，气流一低，迫得下降时，只要微微振那透明的双翼，又升起。

不只能停，蜻蜓是唯一一种能倒后飞，也可以左右上下飞的飞行动物，如果科学家在它身上得到灵感，也许能够创造出一种比直升机更灵活的交通工具来。

当蜻蜓在空中静止时，我看到湄南河上的船只航过，不久，又退回来；再前进，再退回，原来是河水注入海里时，海水高涨发生的现象。

蜻蜓还有复眼，两颗大眼球中包着无数的细眼。利用这个原理，当蜻蜓停下，我们轻轻走近它，用手指在它的眼处打圆圈，眼睛一多，看得头晕，这时就可以把它抓住。在日本长野县拍《金燕子》一片的外景时，男主角大闹情绪，吵着要回香港，我教他用这个方法抓蜻蜓，果然灵验。一玩起来，脾气不发了，电影继续拍了下去。这是我喜欢讲的蜻蜓故事，重播又重播，今天看到蜻蜓，又说一次。

但是最羡慕蜻蜓的，还是它们能在空中交尾，如果人生之中能来那么一次，满足矣。

核桃夹子

欧洲的餐厅多在花园或后院设有露天茶座,让客人享受大自然。当核桃成熟时,一颗颗掉下,有时跌入汤中,溅了一身汤水。

掉下的核桃就那么吃,很新鲜美味,最不容易的是打开它的壳。一般是用一把像吃大闸蟹时用的铁钳开壳,但核桃圆滚滚,不会乖乖就范,还没剥开,已把手指夹肿。

核桃夹子的设计众多,也有像烟斗的,在凹下去的那个部分放核桃,用伸出来那个东西来转,把核壳压碎。

另外有个像发钳,把核桃放入,抓左右两手柄夹,可惜那个装核桃的部分做得太小,核桃大一点就派不上用场了。

我看了多个核桃夹子,最后决定买 SYN 公司的产品,由

Giorgio Gurioli（乔治·古力奥）和 Francesco Scansetti（弗朗西斯科·斯坎塞蒂）这两位意大利人设计，样子像支羽毛笔插在笔座上，笔座是放核桃进去的地方，羽毛笔管是把手。装上核桃，把把手向下一压，壳即裂，又好用又是件艺术品。

通常欧洲人用的夹子，是他们的一双手。把两颗核桃放进掌中，大力一夹，核桃互撞，壳就裂开，但是轮到自己试，就没那么顺利。

认识一位女士，介绍时握手，被她弄痛，问她力度为什么那么大。

"哦，"她说，"我来自一个穷苦的家庭，有五个姐妹，父母失业，我们在家剥核桃仁为生。爸妈教我们唱一首歌，我们一面剥一面唱，听到哪一个没出声，一定是肚子饿偷吃核桃，爸妈就用棒子打我们的头。"

我在欧洲旅馆中吃核桃，打不开就会到洗手间用门缝去夹，这是父母亲教的方法。

那天和朋友在树下进餐，各个用手夹核桃。我打开餐巾，把五个核桃放进去，抓餐巾的四角，往地上大力一摔，"趵趵"地一响，五颗皆碎，看得欧洲友人叹为观止。

完美厨刀

北海道之旅,快要结束,当地观光局推荐多个景点让我们拍摄,但是日子短,我一个个剔除,最后选了"日本制钢所"。

它是北海道最重要的工业,上市的股票排在前位。看炼钢,我兴趣不大,但是"日本制钢所"为了名誉,还附带开了"瑞泉锻刀所",从来没有对外开放过,因此其成为此行的目的。

锻刀所在一九一八年成立,为了保存日本刀的制作手艺。第二次世界大战后,锻刀被禁止,这门艺术要是不保留,就会慢慢失传。

当今,日本刀被当成美术品鉴赏,我们看的是第六代传人堀井胤匡的技巧,日本刀由低碳素素材和高碳素素材两种钢皮制成,取前者的硬度和后者的锋利。二铁包了又包,打了又打,最后磨砺完成。制作过程见习后，我问该公司的经理："买一把，要多少钱？""一百万日币左右。"他说。以当今汇率换算，是八万五千港币，我心中有数。

事因我组织的旅行团中有位小朋友，父母都是知识分子和美食家，教他看书和享受美食美酒。一连十年了，我们每个农历新年都一起度过，看小朋友的长成，感到无限的欣慰。

"长大了要做什么？"我从小问他。"当厨师。"小朋友回答。多年来都是同一个问题，也是同一个答案。

当今他学业已成，不过还是想学烧菜，他父母拗不过他，让他到伦敦的蓝带学院学习。他向我提出："我想买把日本的好刀。"

我替他查问又查问，日本厨刀，用来用去只是三把：切菜的，劏鱼的和片肉的。制造日本厨刀的名人可不少，各自精彩，但提到西洋厨刀，他们都不屑一顾。

当今已找到了门路，只要问小朋友他需要的刀的尺寸和厚度，就可以请那位国宝级的大师锻一把，终生使用，不贵不贵。

蚝壳

一向用惯了新秀丽（Samsonite）的旅行用品，后来邂逅了途明（Tumi），便移情别恋，因为后者答应永远为我服务。

用完之后发现途明虽然是纤维布质，还是相当重的，但为了耐用，这不算是什么大缺点。正在这么想的时候，忽然，手提行李箱的把手断掉了，还不到一年，怎么可能？

公司当然答应为我更换，因为不能再修理了，可是我已在它上面画画，而且非常满意，后来再也创作不出那个味道。换一个新的给我，又如何？

热爱途明的时候，连钱包也用同家厂做的，不到一阵子，钱包也破掉了。

渐渐地，我对这位新宠有点厌倦，还是回到了新秀丽的怀抱。尤其是那个大行李箱,已画了两只猫,不想再换新的了。

这个叫为"蚝壳"的新秀丽,至少跟随了我二十年,硬化塑胶制造,内部没有布质的,更不容易损坏,简简单单的一个壳罢了。

一天,像人老了掉牙一样,一个轮子脱落。旅行途中,拉不动,啼笑皆非。

回到香港后即刻去找,可能是太过耐用的关系,已经不出蚝壳。终于在油麻地的永安看到一个剩货,大减价,只卖八百港币。

这个箱子的设计已比老的那个进步,里面有挂西装的架子,并教旅客如何折叠,才不起皱纹,更加好用。

锁是密码锁,自以为用惯新秀丽,不看说明书就乱按,结果步骤错误,打不开,只有运到海运大厦的总行请人搞定,顺便把旧的那个拿去看看是否能修理。

以为要大师傅,原来店小姐很轻易地替我换上一个轮,就可如常使用。新的那个现在放在贮藏室,等旧的烂掉再搬出来吧。不过今生,可能用不到也。

荷兰牡丹

无数的花卉之中，我最喜欢的是荷兰产的牡丹。

近年来在内地大量种植，荷兰输入的已少见，今天在太子道西的花墟，一间叫"远东"的店里找到。

和邻近的传统花店不同，这家装修得相当抽象，但不会新得令人感觉不舒服。走进去，那么大的地方，并没有摆满花，只选突出的几种陈列，再深入一点就不得了了，店的一半，是一个大的玻璃"冰箱"，里面放着各种名贵的输入花朵，让客人走进去观赏。那里保持在八摄氏度，天气那么热，就算不买花，到里面"过冷河"，也爽快。

我要的牡丹也出现在眼前，每次看到它，就想起住在阿姆斯特丹的丁雄泉先生，他买花毫不吝啬，一束数十朵，也是最爱牡丹。

有一天在他的画室中，吃完饭后没事做，就和他儿子玩摧花。

荷兰牡丹的花苞最初只有婴儿拳头那么一小粒，但盛开之后比一个汤碗还大，花瓣重叠又重叠。最令人感兴趣的就是一朵牡丹，究竟有多少瓣？

逐一折花来数，到最后，才知道有二百八十多瓣，令人不可置信。

东方牡丹要仗绿叶来扶持，但荷兰牡丹不必，叶呈长椭圆形，变化不大，亦只是普通绿色，不像中国牡丹那么墨绿。荷兰牡丹，摆在厅中，深夜还会发出阵阵幽香。

店里的刘小姐说："我们新加坡的经理是您姐姐的学生，听说您要来，叫我替她请安。"

我笑着致谢，姐姐当南洋女子中学校长时学校每年约有三千个学生，校长一职一做数十年，学生个个都来打招呼的话，我会忙死了。

花店为新加坡人石学藩经营，铺头产业是自己的，才敢那么玩，迫着交租的话，花又得摆得满满，没地方呼吸了。

贵衣

天下最贵的衣料，是藏羚羊毛纺织的，名叫沙图什（shahtoosh）。藏羚羊的羊绒非常细，是人头发的五分之一，织出的衣料最为保温，而且柔软，轻飘无比，薄如蝉翼，一大张披肩穿过一个戒指，一点问题也没有。

但已不是价钱问题，藏羚羊被不法分子屠杀得七七八八，你还披上一件的话，在欧洲会被淋红漆，别说敢不敢买了。

次一级的叫驼羊绒（vicuna），从南美洲的驼羊颈项取毛，没有伤害到动物，可以在市面上公开贩卖，一件驼羊绒短夹克，也要卖到二三十万港币了。

可怜的绵羊毛，不够暖吗？也不是，高级的开司米照样不便宜，那是采自北印度的小绵羊颈毛做的。但商人鱼目混珠，什么叫真正的开司米愈搞愈糊涂，消费者只有靠名牌公司来认货。

绵羊其他部分的毛也不错，重了一点罢了，但没人稀罕，如果不是求轻，那么大家宁愿买骆驼毛去，其实也很好用，价钱也合理。

总之一多，就不值钱了，商人找来找去，找到西藏的牦牛毛，当然不是外层粗糙的，而是里面的细毛，这个部分的毛，如不采取，天气一热也会掉落，废物利用罢了。当今，这衣料被登喜路公司开发，推出一些珍贵的限量版来。

热起来有什么花样？意大利品牌诺悠翩雅（Loro Piana）发现了一种生长在缅甸的莲花，用它的茎来抽丝，织成又轻又有光泽的薄料子。得多少莲梗才能做成，价钱当然也不菲，上衣一件，约五六万港币吧。

贵吗？当然贵，但若你的家产上亿的话，这数目就是像你我花的一千几百元而已了，不过，有钱的人不少，但懂得花钱的，毕竟不多，他们也不一定肯买，还是那么一句老话：赚钱是一种本领，花钱才是艺术。

但等到你会花钱时，身体又胖了起来，贵衫再也穿不下。到头来，人还是要活得优雅，才有资格穿好的料子，而活得优雅的人，身材保持不变，这种人，一件好料子的衣服可以穿上几十年。贵衣，再也不贵了。

疳积散

在九龙城衙前塱道七十四号的"义香豆品"店,其他客人喝豆浆,我则喜欢吃他们做的大菜糕。

这种从海带提炼出来的东方啫喱,小时候吃过就忘不了,南洋人把香兰叶汁混进去,变成绿色,再加椰浆。椰浆分子较轻,会浮在香兰叶汁上面,变成两层。

香港人吃法不同,趁大菜滚了还没有凝固之前打一个鸡蛋进去,胡搅一番后一丝丝的,做成的大菜糕像透明的大理石。

老板陈彩凤很辛勤,和她哥哥陈汝新两人,从早到晚守着店铺。母亲已退休。"你妈妈好吗?"一位七八十岁的老头背一个铁箱走过,向彩凤问候。

"谢谢您,很好。"彩凤说完煎了几块酿豆腐送给老头,不收钱。

"他看着我从小长大的。"彩凤转头告诉我。

"卖糖薄饼吗？"我问。"不。"彩凤说，"卖疳积散。"

这个行业多数用一只猴子招徕，我没看到所以误会了，小声问："怎么不带猴子？"

"小孩子乱逗它，把他们抓伤了，现在放在家。"彩凤解释。

"今天一包都没卖出去。"老头叹气。当今谁会买疳积散呢？连疳积是什么东西听也没听过吧？我向老头要了两包。

"细路哥（小朋友）多少岁了？"他大概要告诉我怎么服食。

我一下子不知道怎么回答，他的自尊心很强，彩凤帮我打圆场："蔡先生买来送人的。"

回家仔细看纸包，背面印五个婴儿玩球球的版画，裸着身，可爱得很。前面有张照片，写陈标记小儿疳积散，照片有父子二人，还有一只猴子。

什么什么油

小时乘巴士,没有冷气,下起雨来闭窗,闷死。又有人搽起万金油或白花油来,那股浓味实在难闻,因此引发惧畏症。

基本上我怕的是薄荷,这些什么什么油都加了薄荷。有没有效我不加研究,薄荷涂了上去发热,过后变凉,而且有点麻痹。这种感觉是即刻有效果的,给人一个能治病的印象。

头一晕,用什么什么油搽了就好。晕船晕车都管用,牙痛、喉咙痛立即痊愈,伤风感冒亦可驱逐,简直是神仙膏、上帝水嘛,哪有这么厉害的灵药?

我一闻到万金油、白花油,掩鼻就走,对它们的憎恨,只有增加没有减少。

随着年龄大了,有许多习惯都更改,像从前只穿蓝与黑,当今已有褐色衣服；像从前不喜欢西餐，现在也能吃吃，但就是对万金油、白花油的厌恶不变。

这种东西，联想起来，与年老有关，偏偏有些年轻人也染上此癖，涂个不停。

日前读杂志，有个新进女歌手也好此物。看了毛骨悚然，如果半夜起身，旁边睡了个万金油、白花油女郎，我一定把她踢下去。

更恐怖的是有些人不只涂，还喝。

有个朋友肚子痛，他用杯滚水，加几滴白花油，说能治好。上帝原谅，他不知道他自己在做些什么。

至于尊敬的长辈涂万金油、白花油，我很例外地接受了。

这时，好像从薄荷之中嗅到了薰衣草。不不，是玫瑰吧?又不像，似白兰和姜花多一点。什么什么油，变成香的。

玩瘟疫

疫情流行这段时间,闷在家里,日子一天天白白度过,虽然没有染病,也被疫情玩死。不行!不行!不行!总得找些事来做,与其被疫情玩,不如玩疫情。

饮食最实在,一般的做菜技巧我都能掌握,但从来没做过雪糕,我最爱吃冰激凌,也就做了。时间还剩下很多,再下来玩什么呢?

玩绘画

天气渐热,扇子派上用场,不如画扇吧,一方面用来送朋友,大家喜欢,一方面还可以拿出去卖,何乐不为?

书至此,还找到一些工具。那是一块木板,上面有透明塑料片，可以把扇面铺平，然后上螺丝，把扇面夹住，就可以在上面写字和画画了。

好在还跟冯康侯老师学过写字，老人家说："会写字有很多好处，至少题自己的名字，也像样，不然画得再怎么好，一遇到题字，就露出马脚。"

我现在已会写字，再回头学画，可以说是按部就班。向谁学画呢？当今宅于屋，唯有自学，有什么好过从《芥子园画传》中取经呢？

小时看这本画谱，觉得山不像山，石不像石，毫无兴趣。当今重读，才知道李渔编的这册画谱大有学问，是绘中国画的基本模板，利用它可以学习用笔、写形、构图等等技法，体会古人山水画的精神。

也不必全照书中样板死描。有了基本功，再进行写生，用自己的理念和笔法去表现，就事半功倍了。

学习书法和绘画，都要经过一番苦功，也就是死记了。死记诗词，自然懂得押韵；死记《芥子园画传》，慢慢地，画山像一点山，画水像一点水，山水画自然学得有一点模样。

成为大师，须穷一生的本领，但只是娱乐自己，画个猫样也会哈哈大笑。

我喜欢的是树。书上关于各种树的画法都有仔细介绍，按此描摹，画一棵大树，再在树下画一个小人，树就显得更大了。

小人有各种姿态，像"高云共片心"，是抱石而坐；"卧观《山海经》"，是躺在石上看书；"展席俯长流"，是在石上看水；"云卧衣裳冷"，是睡在石上看云。寥寥数笔，人物随着情景活了起来，乐趣无穷。

玩工厂

这段日子，最好玩的是手工作业。

香港人手工精巧，穷困时代就有人造胶花工业、纺纱工业等等。逐渐地，我们依靠大型工厂，小工厂搬到了其他地方。这都是因为地皮贵，迫不得已。

但是我们有手工精细的优良传统，工厂搬到别处之后，空置房屋多了，租金相对变得便宜。这令我想到，不如开一间工厂来玩玩。

二十多年前，我开始在香港手制"暴暴饭焦""暴暴咸鱼酱"等等产品，甚受欢迎。后来厂租越来越贵，唯有搬到内地去做。

咸鱼在内地难找高级的原料，虽然继续生产，但是我自己觉得不满意，一直想改进。

疫情之下，工厂的租金降低，这让我有复活这门工艺的念头。想了又想，要是不实行的话，念头再好也没有用。

一、二、三，就开始了。

找到理想的厂房，又遇上理想相同的同事，我们一点一滴开始设立小型工厂。

先到上环的咸鱼街，不惜工本地寻觅最高级的原材料。咸鱼这种东西，像西方的奶酪，牛奶不行，怎么做也做不出好的来。我们用的是马友鱼，这种鱼又香又肥，最适合腌咸鱼。我们坚信不用最好的是不行的。

马友鱼虽然骨少肉多，但一般的咸鱼拆下来，最多也只剩下六成的肉。用马友鱼制造的咸鱼酱，不必蒸也不必煎，开罐即食，非常方便，淋在白饭上，或者用来蒸豆腐，或者配合味淡的食材，都可以做成一道美味的菜馔。对生活在海外的游子来说，更可医治思乡病。

我们配合以往的经验，从头开始，在最卫生的环境下，不加防腐剂，手工做出最贵、最美味的酱料来。

工厂的一切按照政府的卫生规定设立，这么一米才能通过检查，也可以获得出口认证，将产品销售到内地去。这一切，都经过重重努力。

产品当今已做好，我很骄傲地在玻璃罐上贴了"香港制造"的标签。

现在已逐渐小量地推出。因为原料费高，又不可能卖得太贵，加之我不想被超市抽去百分之四十的红利，目前只能在网上卖。或者今后找到理想的条件，再到各个点去零售。总之，这是一件很好玩的事。

我不会被疫情玩倒，我将玩倒它。

老头子的东西

日本年轻人不愿生育，为什么？一切东西都太贵了。当今人口老龄化，钱还是抓在老头子手上，他们努力过，赚过钱，储蓄也多，老本雄厚，虽说当今经济低迷，但好东西老头子照买。

看日本电视上的广告就知道，卖汽车的从来不用年轻男女做广告，他们买不起。漂亮模特卖的，最多是化妆品罢了。还有很多卖啤酒的，倒是老少都喝。日本人到了夏天很喜欢来一杯冰冻啤酒，说是口渴了；到了冬天，也来一杯，说是天气太干燥了。

不知不觉之中，我也成了老一辈的一分子，喜欢质量高的商品，贵一点也不在乎。只要是美的，只要是有永恒的价值，都买得下手。

从前经过银座的高级礼品店，进去逛一逛。咦？这都是阿公阿嬷买的，有谁要这些东西？当今走进去，才知道好的东西都收集在那里。

那黑漆漆的花瓶，为什么会卖那么贵？原来是备前烧，日本最高级的陶瓷，黑色的产品之中可以看出五颜六色的层次。

备前地区的泥土中含有各种矿物质，才能烧得出来，别的地方没有的。一旦爱上备前烧，把玩起来，有无穷尽的乐趣。

老头子会欣赏的也不一定是贵的，像椿类的产品，"椿"就是山茶花。我们老早就知道山茶花油对头发的滋养是一流的。古时候的妇女将榨过山茶花籽油的渣滓做成饼状，要洗头时掰一块浸水，是一流的护发品。日本货中含山茶花的洗发水、护发膏等，都曾经流行过。

山茶花盛产之地是一个叫大岛的地方，只要说"大岛椿"，大家都知道。这一品牌的各种产品从前都能买到，当今少了，也罕见，好在中国香港的崇光百货食品部还在卖，不必老是去日本找了。

山茶花的功效被大化妆品公司资生堂重新发现，他们大肆宣传其含山茶花油的产品，将它们卖给年轻人洗发。可惜山茶花油下得极少，效力不强，不如老牌子的产品好。

有些东西一经重新包装，效用就大不如前，像很好用的喇叭牌正露丸，新包装的加了一层糖衣，闻起来没有旧的那么臭，但还是原货有用。肚子痛服六小粒即止，牙痛起来，塞一粒在蛀牙缝中，神奇得马上不痛了，我旅行时必备于行李箱中。

惯用的还有他们的牙膏。有一种花王牌粒盐牙膏，其实就是牙膏中加了粒盐，但的确能防牙周病，也可以止牙齿出血，的确是宝贝。我用了几十年，可惜当今东京和大阪的大药房已经停止出售，要到乡下的JUSCO大型超市才偶尔找得到。我不只变成老头，而且是一个乡巴佬老头。

当今纸媒衰落，大家又可省则省，从前订的杂志不用花钱去买了，杂志社一家又一家地关门。屹立不倒的是一本叫SARAI的杂志，专卖给有品位的老头看，每一期都介绍日本最好的产品，也介绍各地美食和温泉，当然更注重介绍各地的古董、绘画、工艺品和美术馆。

每一期都有一本附册，由各商家出钱来推销他们的个性化产品。小册中还有老人家的工作服、高级睡衣、寝具的广告，但一直是男性用品，最近才推出女士用的，效果奇佳。小册中刊的女人的广告也愈来愈多了。

这本杂志相当大方，常赠送钢笔、旅行包等，老人家收了都很喜欢，订阅人数更多。

杂志内容并非外国人能够完全欣赏，介绍的东西有些是日本人才能了解的，像落语（日本单口相声）、能剧和歌舞剧等，只与日本人有缘。

多数内容会介绍一些日本名画家、雕塑家、陶瓷家等，还有各地的收藏，像刀剑书画。介绍非常之仔细，一一分析，说明什么地方可以看到原作，以及附近有什么美食和旅馆，让着迷的人旅行到当地时可以享受一番。

因为读者多是有钱人，这本杂志也介绍很多外国的美术馆、音乐厅和名画展，教人怎么去，住哪里，如何入门，怎么欣赏。

老人家的饮食得注意健康，杂志中有许多内容介绍长寿名人的早餐吃些什么，怎么做，去哪里买。最早介绍藜麦的也是这本杂志。

有许多好东西都是只推荐给当地人的，像豪华的火车旅行。日本人最喜欢火车，对它有种独特的情怀。三越百货公司也有豪华巴士旅行，也只服务老顾客。

老人也是从年轻人变成的，他们成长过程中接触过的玩具和漫画也是专题介绍的重点。

当今我到了银座，也喜欢游各大百货公司的七楼或八楼，这里面卖的杯杯碗碗也是我最喜欢用的。高贵货之中有一种用锑金属做的大杯子，装了热水不会烫手，放了冰块进去久久不融化，真是神奇。

老人家有老人家喜欢的,年轻人有年轻人爱好的,有代沟是免不了的。老人看到年轻人买又旧又破洞的牛仔裤,说什么也不明白,一直摇头。

㊂ 我有所念人

有些老友,

忽然间想起,

特别思念过往相处的一段时光。

亲人

有很多没有见过的亲人，在家父的描述下，我好像听到他们的呼吸。我爷爷有个小弟弟，吊儿郎当，有天塌下来都不管的个性。年轻时娶了乡中的一个美丽的少女，经一两年都没生育，我祖母却生了五男二女，将最小的儿子——我父亲——过房给他们。从小爸爸还是不改口地称呼他们细叔细婶，两人都非常宠爱他。

老细叔自幼习武，会点穴。一天，在耕田的时候来了三两地痞欺负他，怎知道给他三拳两脚地打死了一个。

当时杀人，唯一走脱的路径便是过番。老细叔逃到南洋，在马来亚的笨珍附近一小乡村落脚。几番岁月和辛酸，总算买到二十亩树胶园，做起园主，和土女结婚生子。

一方面，老细婶一直没有丈夫的音讯。她织得一手好布，也不跟我祖母住在一起，于邻近买了一小栋房屋独居。她闲时吟诗作对，不过从来没有上学校的福气，所修的文字，都是歌册上学来。潮州大戏歌曲多采自唐诗宋词。家中壮丁都放洋，凡遇难于处理的纠纷，都来找细婶解决，连我奶奶都怕她三分。

经太平洋战争，我的二伯终于和老细叔取得联络，问他还有没有意思回到故乡。老细叔也不回答，默默地卖掉几亩树胶园，就乘船走了。

石门锁起了骚动，过番三四十年的南洋客竟然回家了。大伙都围来看他。拜会过亲戚长辈后，老细叔拎了行李走入家门。

老细婶并没有愤怒或悲伤，打水让他洗脸。只是到了晚上，让他一个人睡在厅中。

翌日，老细婶陪他上坟拜祖先。老细叔又吊儿郎当地在家里住下，偶尔到邻近游山玩水，吃吃妻子做的咸菜，称是世上的美味。

过了一阵子，老细婶向他说："这些年来，我想见你的愿望已经达到。你住了这么久，也应该要回南洋了。"

送她丈夫上船，再过了多年，老细婶就去世。

死后在她家的墙角屋梁找出百多个银圆，是她一生的储蓄。老细婶没有说过要留给谁，她也不知道要留给谁。

阿叔

　　小时,最大的乐趣是等待星期天。一早,爸爸、妈妈、姐姐、哥哥和我,手抱着弟弟,一家六口穿了整齐干净的衣服,乘了的士,由我们住的大世界游乐场,直赴后港五条石阿叔的家。

　　阿叔姓许,我们没有叫他许叔叔,只因他比我们的亲戚还亲。

　　车子经一警察局、一花园兼运动场和一个巴刹(马来语,指市场),向左转进条碎石路,再过几间平房,就是阿叔的花园。我们按铃,恶犬汪汪,阿叔的几个儿子开门迎接。

　　花园占地一万多平方英尺,屋子是它的十分之四,典型的南洋浮脚楼,最前端是个有顶的阳台,摆着石桌凳子。

　　笑盈盈的阿叔,有略微肥矮的身材,永不穿外衣,只是一件三个珍珠纽扣的圆领薄汗衫和一条丝制的白色唐裤，围黑皮附着钱包的腰带。头发比陆军装还要长一点，一张很有福相的圆脸，留了一笔小髭，很慈祥地说："来，先喝杯茶。"

由阳台进主宅的门楣上，挂着一副横匾，写了几个毛笔字，签名并盖印。

第一次到阿叔家时拉爸爸的袖子，问道："写些什么？"

爸爸回答："这是周作人先生写给阿叔的，是他的这个家的名字。"

"家也有名字吗？周作人是谁？"我还是不明白。

"你以后多看书，就知他是谁了。"爸爸很有耐性地说，"也许，有一天，你会学他写东西也说不定。"

"但是，"我不罢休，"为什么这个周作人要写字给阿叔？"

"阿叔是一个做生意的商人，但是很喜欢看书，而且专门收集五四运动以后的书……"

"五四运动？"我问。

爸爸不管我，继续说："中国文人多数没有钱。阿叔时常寄钱给他们，为了要感谢阿叔，就写些字来相送。"

"文人很穷，为什么要学他们写东西？"我更糊涂了。

一年复一年，到花园嬉玩的时候渐少，学姐姐躲在书房里，谈冰心、张天翼和赵树理。

病中，捧着《西游记》《三国》《水浒》，书籍真的有一种香味。

打从心中喜欢的还是翻译的《伊索寓言》《希腊神话集》等，继之是狄更斯的《大卫·科波菲尔》、雨果的《悲惨世界》，接着是俄国的《卡拉马佐夫兄弟》《战争与和平》，最后连几大册的《约翰·克利斯朵夫》也生吞活剥。

阿叔的书架横木上贴着一行小字："此书概不出借"，但是对我们姐弟，从来没摇过头。我们也自觉，尽量在第二个礼拜天奉还，要是隔两个星期还没看完，便装病不敢到阿叔家里去。

转眼就要出国，准备琐碎东西忙得昏头昏脑，忘记向阿叔话别就乘船上路。

爸爸的家书中，提到阿叔逝世。为生活奔波，我连流眼泪的时间也没有，心中有个问题："阿叔的那些书呢？"

所藏的几万册都是原装第一版本书籍，加上北京、清华等大学的学报、刊物和各类杂志。五四运动以后出版的，应有尽有，而且还有许多是作家亲自签名赠送的。三十年代，在上海出版的三种漫画月刊，也都收集。有些资料，我相信两岸未必那么齐全。

阿叔在南洋代理手揸花三星白兰地、阿华田冲调饮料、白兰氏鸡精等洋货，他的店铺并没有什么装修，一个门面，楼上是仓库。

在一旁，他有一间小小的办公室，里面除了一个算盘之外，便是一副工夫茶具。薄利多销是他的原则。也许是因为染上文人的气质，他的经营方法已是落后，晚年代理权都落到较他更会谋利的商人手里。

病榻中，阿叔看着他那几个见到印刷品就掉头走的儿女，非常不放心地向爸爸提出和我同样的问题："那些书呢？"

爸爸回答："献给大学的图书馆吧！"

阿叔点点头，含笑而逝。

酒舅

母亲好酒,一瓶白兰地,三天喝完,算是客气。七十多岁人了,还是无酒不欢。亲戚友人嘴里虽劝说别喝过量,但是见她身体强壮,晨练时健步如飞,倒令半滴不入喉的人,反而觉得自己是否有毛病。

人上了年纪,生活方式不太有变化。周末,爸爸和妈妈多是到十八溪前的丰大行去找一群老朋友聊天。爸爸有他吟诗作对的同伴,陪着妈妈的是一位我们的远房亲戚,他也好杯中物。慢慢喝,他们两人一天三瓶不是问题。这亲戚比妈年纪小,我们就管他叫"酒舅"。

酒舅身材矮小,门牙之间有条缝,身体结实得像一块石头,再加上头顶光秃到只剩几根稀发,更像一块石头。他的笑话,讲起来没完没了，讲完先自己笑得由椅子上掉下来。《射雕》里的老顽童找他来演，不用化装。

出生于富家的酒舅，从小就学习武艺，个性好胜，到处找人打架。他又喜欢美食，更逢饮必醉，经常酒后闹得不可拾，干脆和恶友不回家睡觉，吵至天明。

邻居第二天找上门来，他父亲虽然恨透，但还维护着他，劈头问邻居道："你儿子昨晚把我的儿子引到什么地方去？"

问罪之人，反而哑口无言。

他父亲是个读书人，生了这么一个不肯做功课的儿子，拿他一点办法也没有，差点气出病来，但是酒舅不管三七二十一，照样研究炒什么菜下酒，不瞅不睬。与其他个性善良淳厚的兄弟比较起来，酒舅是一个标准的恶少，村里的人，没有一个对他有好感。

唯一的好处，是酒舅好打不平，经常帮助人家解决疑难问题。遇到有什么纷争，他便站出来做和事佬。

他当公亲，多由自己掏腰包出来请客，图个见义勇为的美名。名堂虽佳，却要向两方讨好。

一次甲乙双方争于某事，几乎弄到纠众械斗，他向双方恶少说："你们有胆，先把我杀死再说！"

恶少们知道酒舅曾经学武，能点穴，和人相打时，只用力踩对方的脚盘，那人便倒地不起。

结果，大家都买酒舅的账，一场大斗，便不了了之。

酒舅，从小不靠家产，自己出来闯天下，由一个月薪两块钱的小子，渐渐爬到成为一间树胶机构的经理。在那小镇上，酒舅算是一个大绅士。

晚年，他父亲不跟其他儿女住，而中意和酒舅在一块，因为他谈吐幽默，又烧得一手好菜的缘故。

而这个儿子，和其他人想象的不同，到底个性忠直，一直对父亲很亲近。渐渐地，他也得到了他父亲的熏陶，学了读历史的好习惯，对文学也越来越有修养。酒舅每天陪着他父亲读书写字，练出一手柔美的书法，这一点，村子的人做梦都没有想到。

去年，酒舅去中国旅行，在内地参加了一个旅游团，团体有广东省杂志社的记者和澳大利亚的撰稿人及摄影师。

起初，大家认为酒舅是个南洋生番（喻指凶残野蛮的人），样子又老土，都不大看得起他。

一坐下来吃饭时，酒舅看到什么地方的人就用什么方言相谈。

"你会说几种话？"广东记者听了好奇地问。

"会说一点广东话、客家话、福建话，还有潮州话……"

酒舅轻描淡写地用标准的普通话回答说:"不过,这些只是方言。"

澳大利亚人前来搭讪,酒舅的英语更像机关枪。当然,他还没有机会表演他的马来语和印度话。

每到一处古迹,酒舅更如数家珍。

他父亲的教导,并没有白费,他比当地的导游更胜一筹,令得众人惊讶不已,事事物物都要向酒舅探询。

过后,《广东画报》有两三页的图文报道,称酒舅为罕见的南洋史学家及语言学家。酒舅读后,笑得从椅子上掉下来。

恩人

查先生查太太由墨尔本传来短讯,嘱老太太是一位有福之人,礼堂上应点红烛,我都照做了,还有众亲友慰问,在此一一答谢。

老家邻居,一位年轻太太,对母亲很尊敬,一直自己做些糕点相赠。妈妈记性不好,忘记人家的姓氏,只管叫她小妹妹,久而久之,节省一字,称为小妹。

守灵那天,小妹和先生来了,我们一家都很感谢他们。无以回报,我每次回来都带点书送给小妹,因她喜欢读我的文章,妈妈走了,今后再有新书,亦当寄上。

爸爸去世,妈妈食量减少,只爱喝白兰地和早上吃点燕窝,弟弟、弟妇事忙,这个工作交给谊兄黄汉民和他的太太,十三年来，一直没有间断，现在妈妈走了，可以不必再负这个重担。大恩不言谢，汉民兄对我们一家那么好，永远感激。

最感恩的是家政助理阿瑛，她是来自印度尼西亚的华侨，原来是福建人，未婚，来我们家已十三年，一直照顾妈妈的起居。阿瑛人长得矮小，可烧得一手好菜，我觉得新加坡一切小食已走了样，有其形而无其味，所以只爱吃阿瑛烧的咖喱。

最后的这些日子，阿瑛搬进妈妈房间，更体贴地照顾。房内书桌，有一张双亲年轻时的黑白照片，爸穿西装，妈一身旗袍，戴圆形眼镜，两人颇为登对，阿瑛经常对着照片看个老半天，也许感觉到人生应有一个伴侣。

今年，阿瑛也有四十岁了吧，我们一直鼓励她回印度尼西亚嫁人，她从来不花钱，蓄储下来的数字，去印度尼西亚乡下应该算是小富婆一个。但是我们都担心，要是她不做了，妈妈可没人看得那么好。

妈妈走了，我们做子女的都没有流泪，只有日夜相伴的阿瑛，哭得最伤心，已不是雇主，当为自己母亲了。

不知怎么安慰她，只有拍拍她的肩膀，说声："阿瑛，我们兄弟已经不哭了，你做妹妹，也不应该哭。"

古龙、三毛和倪匡

三十多年前,我在台湾监制过一部叫《萧十一郎》的电影。徐增宏导演,韦弘、邢慧主演,改编自古龙的原著。买版权时遇见他,比认识倪匡兄还早。

数年后我返港定居,任职邵氏公司制片经理,许多剧本都由倪匡兄编写,当然见面也多了。

有一次,我们三人都在台北,到古龙家去聊天,另外在座的是小说家三毛。

当晚,三毛穿着露肩的衣服,雪白的肌肤,看得倪匡和古龙都忍不住,偷偷地跑到她身后,一二三,两人一齐在左右肩各咬一口。

可爱的三毛并不生气,哈哈大笑。

那是古龙最光辉的日子，自己监制电影，电视剧又不停地拍摄。住在一豪宅中，马仔数名傍身，古龙俨如一黑社会头目。

个子长得又胖又矮，头特别大，有倪匡兄的一个半那么巨型，留了小胡子，头发已有点秃了。

"我喜欢洋妞，最近那部戏里请了一个，漂亮得不得了。"古龙说。

"你的小说里从来没有外国女子的角色。"三毛问，"电影里怎么出现？"

"反正都是我想出来的，多几个也不要紧。"古龙笑道，"有谁敢不给我加？"

"洋妞都长得高头大马。"我骂古龙，"你用什么对付？"

大家又笑了，古龙一点不介意，一整杯伏特加，就那么倒进喉咙。是的，古龙从来不是"喝"酒，他是"倒"酒，不经口腔直入肠胃。

这次国泰开始直飞往美国旧金山，要我们来拍特集，有李绮虹、郑裕玲和钟丽缇陪伴。倪匡兄在场，哈哈哈哈四声大笑后说："有美女、好友作乐，人生何求？"

话题重新转到三毛和古龙。

"我和三毛到台中去演讲，来了七八千个读者，三毛真受欢迎，当天还有几个比较文学的教授，大家介绍自己时都说是某某大学毕业。轮到我，我只有结结巴巴地说只是小学毕业。三毛对我真好，她向观众说：'我连小学都还没毕业。'"倪匡兄沉入回忆。

"听说古龙是喝酒喝死的，到底是不是真的有这么一回事？"郑裕玲问。

"也可以那么说，我和古龙经常一晚喝几瓶白兰地，喝到第二天去打点滴。"

倪匡兄说："不过真正原因是这样的，有一次古龙去杏花阁喝酒，一批黑社会来叫他去给他们的大哥敬酒。古龙不肯。等他走出来时那几个小喽啰拿了又长又细的小刀捅了他几刀，不知流出多少血来，马上送进医院，医院的血库没那么多，逼得向医院外面路边的吸毒者买血。血不干净，结果轮到有肝炎的血液。"

我们几人听了都"啊"的一声叫出来。

倪匡兄继续说："肝病也不会死人，但是医生说不能喝烈酒了，再喝的话会昏迷，只要昏迷了三次，就没有命。医生说的话很准，结果我听到他第三次昏迷时，知道这回已经不妙了。"

"古龙对于死有迷恋的，他喜欢用这个方式走。"我说。

倪匡兄赞同："三毛对死也有迷恋。"

"听说她以前也自杀过几次。"郑裕玲说。

"嗯。"倪匡点头,"古龙死的时候,才四十八岁,真是可惜。"

倪匡兄仔细描述古龙死后的怪事:"他那么爱喝酒,我们几个朋友就买了四十八瓶白兰地来陪葬,塞进棺材里。他家人替他穿了件寿衣,古龙生前最不喜欢中国传统服装的,还替他脸上盖了块布,我们说古龙那么爱喝酒,不如就陪他喝吧,结果把那几十瓶酒都开了,每瓶喝了几口,忽然——"

"忽然怎么啦?"我们紧张得不得了。

倪匡说:"忽然古龙从嘴里喷出了几口很大口的鲜血来!"

"啊!"我们惊叫出来。

"人死了那么久,摆在灵堂也有好几天,怎么会喷出鲜血来?这明明是还没有死嘛,我们赶快用纸替他擦口,不知道浸湿了多少张纸,三毛和我们都说他还活着,殡仪馆的人一定要把棺材盖盖上,他们怕是尸变。我一直抱着棺材,弄得一身涂在棺材上的桐油。"

"结果呢?"我们追问。

"结果殡仪馆叫来医生,医生也证明是死了,殡仪馆的人好歹地把棺木盖上,我也拿他们没有法子。"倪匡兄摇头说。

郑裕玲、李绮虹和钟丽缇三位美女吓得失声。

"都怪你们在古龙面前喝,他那么好酒,自己没得喝,气得吐血!"我只有开玩笑地把局面弄得轻松点。

倪匡兄点点头,好像相信地说:"说得也是,说得也是。"

和查先生吃饭

我们最尊敬的大师查良镛先生八十岁了,胃口还是那么好,真不容易。但是对食物,有固定的那几种,不像我那样什么都尝试。

"我和蔡澜有很多同好,吃则完全相反。"查先生曾经那么说。

查先生大方,曾经邀请我欧游数次,有一回在伦敦,我建议到黎巴嫩菜馆,吃了生羊肉,各类香料用得很重的菜。查先生微笑地陪伴着,坐在露天茶座,天气热,额上流汗,不举筷也不作声。当时我见到了真是不好意思,从此一块吃饭,不敢造次,永远是由他决定吃些什么。

查先生为江浙人,当然最爱吃江浙菜。广东菜也能接受,但只点大路的,像蒸鱼、炸子鸡等。北方人的酸辣汤,也喜欢。

粤菜馆来来去去是那几家,港岛香格里拉酒店的,或者国际金融中心的,吃惯了较为安逸。

至于日本料理,会来金枪鱼腩,两块海胆寿司,一大碗牛肉稻庭面,铁板烧也经常光顾。

说到牛肉,可是查先生的至爱,西餐店的一大块牛扒,吃得不亦乐乎。

每回,都是查先生埋单,有时争着付,总会给查太太骂。总过意不去,但有一次,倪匡兄说:"你比查先生有钱吗?"

说得我哑口无言,只好接受他们的好意。

查太太一直照顾着查先生的饮食,年纪大了,医生不让吃太甜。这刚好是查先生最喜欢的,我每次和他们吃饭,买了数瓶意大利 Moscato d'Asti 甜葡萄汽酒孝敬,查先生喝了对味,查太太也允许,就不再喝我们从前都喜欢的单麦芽威士忌了。记得当年一起吃饭,都爱叫一杯,查先生只在中间加了一块冰,白兰地倒是少喝的。这点与倪匡兄又不一样,他只喝白兰地,不懂得威士忌的乐趣。

席上,倪匡兄总是坐在查先生一旁,他们两位浙江人叽里咕噜,大家记性又好,三国水浒人物的家丁名字都叫得出来。

常客之中有张敏仪,她也最崇拜查先生,每次相见都上前拥抱他老人家一番，才得罢休。也知道查先生最吃得惯江浙菜，常在上海总会宴客。那里的菜已不用猪油，但火筒翅是这酒家创出的，又香又浓，查先生喜欢，查太太与我则注重环保，不尝此味。

熏蛋也做得好，查先生喜爱的是饭后的八宝饭，煎过的最佳，一定多吞几口。

也不是所有的上海菜都合老人家胃口，曾经到过一家老字号，做出来的都走了味，查先生发了脾气，从此我们就不敢建议到那家老字号去吃了。

也有一回来了几个内地的名厨，表演淮扬菜，大家吃过之后你看我我看你，最后查太太带我们转到那酒店的咖啡室，叫了几客海南鸡饭，查先生吃了才笑出来。

每到一处，总有酒店经理或闻风而至的书迷，带着金庸小说来请查先生签名，老人家也来者不拒。兴之所至，还问来者之名，用来题上两句诗，这种即兴的智慧，更令大家佩服到极点。

"天香楼"还是最信得过的杭州菜馆，查先生进餐地点大多数集中在他居住的港岛，不太过海来吃。但"天香楼"是例外，每次去，都叫老伙计，外号"小宁波"过来点菜，查先生如数家珍：马兰头、鸭舌、酱鸭为前菜，接着是烟熏黄鱼、或熏田鸡腿、炸鳝背、咸肉塌菜、龙井虾仁、西湖醋鱼、东坡肉、富贵鸡、云吞鸭汤。

正在等上菜时来杯真正的龙井，啃白瓜子，食前上一碟酱萝卜，也极为精彩。这里的绍兴酒一流，查先生就不喝洋酒了。

吃得饱饱，最后上的酒酿丸子，里面还加了杭州少有的草莓，色泽诱人，酒糟味浓，可口之极，查先生爱的，都是甜。

到了夏天，查先生最喜欢吃西瓜，我也冒着被查太太责备的危险，从北海道捧了一个特大的，全黑色，打开了鲜红，是西瓜之王，查先生也很乖，只吃几小块。

秋天的大闸蟹，当然也吃，常在家里举行蟹宴，查太太一买就是几大箩，她本人也极为喜欢，但为了给查先生增寿，戒食之，拼命劝人多来几只，自己不动。查先生其实对大闸蟹也只是浅尝，喝得多的，是那杯加糖的姜茶。

一次刚动过小手术，查先生在家休养，咸的当然是一点也不能碰，每天三餐，只吃不加盐的蒸鱼，有日夜三更的护士照顾，身体复原得很快。

差不多恢复健康时，照样不准吃甜品，查先生偷偷地把一小条朱古力放进睡衣口袋，露出一小截来，给查太太发现了没收。甫入睡房，查先生再从护士的皮包中取出一条，偷偷地笑着吃光。

倪匡传

产生一个念头,就是替倪匡兄写一传记。我想我有资格担任这个工作。

传记很难写,马克·吐温认识过一位很有趣的友人,文章又写得好,就凑一笔钱,请他作自传,结果写出来的是一大堆垃圾。因为人皆有私隐,不暴露便不好看,抖了出来,更非本人所愿也。

倪匡兄不属常人,他想讲什么就讲什么,但赤裸裸,不会有所顾忌,而且他已退出江湖,更能畅所欲言。

问题在他一生多姿多彩,数十巨册都写不完,要写他的传记,非得和他泡上一年半载不可。这也是乐事。

不但是倪匡有趣,他身边的人物亦富传奇性:喝酒喝到死的古龙、神经质的三毛等。人已去世，只要不损害到他们的形象，多写些别人不知道的，总不会由棺材中爬出来呱呱叫，大骂倪匡吧？

倪匡当年，写了上千个剧本，所遇电影工作人员众多，他向我谈及几件，我已笑得由椅子上跌下，这一群人很多已不做电影，但读者还是认识的，谈谈他们的往事，虽不是很光彩，但也无伤大雅。

和黄霑做的《今夜不设防》亦有许多幕后的资料，但嬉笑之余，倪匡可以把养金鱼、收集贝壳、设计Hi-Fi、自制家私等实际的知识加在里面，亦能让读者得益不浅。

倪匡要是知道我有这个主意，一定摇头大笑："不必多事。传记是记人，我不是人，我来自外星，熟读天文，自然看出我的一生。"

倪匡来信，感谢寄赠暴暴饭焦（一种小吃），是到时候，应再邮寄了。

生意是生意，不能白送，但岂能向老友伸手要钱？只有把他的来信照抄一篇登刊，赚点稿费，帮补帮补。

信中提到的栀子花，我是记得亦舒曾写过。在墨尔本，一时想不起，又没有英汉字典在手，只用了个英文学名，倪匡是园艺专家，一看即知我在说些什么。

一般上他的来信甚短，此次写得那么长，大概是看了我在澳大利亚的生活片段，有点像他的移民生涯互相有共同点吧。

牛舌去皮妙方，的确行得通。此乃经验之谈，错不了，倪匡兄要求的硬度，不知要硬成怎么样才叫够硬？可在放入冰箱时不包上一层保鲜纸，便越冻越硬。放一天，两天或三天，试其硬度，择其一，今后依样画葫芦。

硬度够理想，冰箱销路至少加十倍，倪匡兄的文学夸张之至，前无古人。

倪匡在书信中，喜欢用"之至"一词，任何事都之至一番，我亦受感染。

说回暴暴饭焦，倪匡爱吃，可能是因为朋友的感情引起。他曾经说过，吞降胆固醇药丸，吃得胃痛，但数片饭焦下肚，无药自愈。我应该把他的来信原封不动拿来做广告，一定比养命酒的效果更佳。

为他立传事。昔，赵之谦友人曾稼孙爱其篆刻之至，为他刊印印谱，赵之谦又欢喜又脱不了文人酸气，特别在印谱上写了"稼孙多事"四个字。

信封上的人名地址，都是倪太代劳，可见倪匡是把信一写完，随手扔给他老婆，因为他怕写英文，接着一句："珍妹妹你替我办好。"

倪太听了甜蜜蜜的，再麻烦的事，遵命可也。

黄霑再婚记

黄霑和陈惠敏终于结婚了。

别误会,这个陈惠敏不是武打明星陈惠敏,是位叫云妮的小姐,比黄霑小十七岁,是他从前的秘书。

早在做《今夜不设防》电视节目时,黄霑就告诉过我们关于云妮的事。

"简直像金庸小说里的人物。"倪匡说,"怎么可以不要?一个男人,一生中,有多少个像云妮那样死心塌地爱你的?你不要让给我。"

当然倪匡是说着玩的,黄霑是死都不肯让出,所以今天才会结婚。

在十一月初,黄霑和云妮从香港直飞旧金山,先拜访倪匡这个老友。黄霑前一阵子每天上镜,累死他了,和倪匡说了一会儿之后便回酒店,大睡数十个小时。我们听了,点头说此时是真睡。

在旧金山住了三天,他们便飞往拉斯维加斯。

"一到了马上办好事?"我们做急死太监状,盘问黄霑。

"当然不是啦!虽然说是去结婚的,"黄霑回忆,"但是云妮还没有最后答应。"

我们心里都说:"到了这个地步,还不点头,天下岂有这等怪事。"

只好等着他耍花枪,耐心地听他讲下去。

黄霑说:"到了第三天,我们在街上散步时,我才向云妮建议:'现在结婚去。'"

"她点头了?"我们假装紧张地问。

"嗯。"黄霑沾沾自喜。

"是不是在教堂举行婚礼的?"

"不是。"黄霑说,"不能直接到教堂。"

这又是怪事了。

"先要领取一张结婚准证。"

"什么准证?"

这是他第二次结婚,以下是黄霑的结婚故事。

我们必须先去一个政府机构，说出护照号码，登记是什么国籍的人，等等。一走进去，那个政府人员看我身后有没有人，又指着云妮，问道："这是不是你的女儿？你的太太呢？"

我说这就是我要结婚的人。那官员听了羡慕得不得了，马上替我们登记，然后收费。

"多少钱？"我问他。

"七十五块。"

"这么贵！"我说。

"那是两人份的登记费呀！"他说。

我心中直骂："废话！结婚登记不是两人份是什么，哪里有一人份的？"

我问他："附近哪一家教堂最好？"

"都差不多。"他说，"就在政府机构对面有间政府办的教堂，你要不要也去试试看？"

当然是政府办的比私人办的正式一点，我就和云妮走进了一座建筑物，它不像是一个让人结婚的地方，倒像一家医院。

门口有一个黑人守着。这地方是二十四小时营业的，生意好像不是太兴隆，所以那个黑人跷起双腿架在门上睡觉。

我把他叫醒，说明来意，他即刻让我们进去。

里面只剩下一个女法官在办公，她是替别人主持结婚仪式的人。

她一看到我们，又看看我的身后有没有人，指着云妮说："这是不是你的女儿？你的太太呢？"

差点儿把我气死了。

她要先收费，又是七十五美元，两人份。

"跟着我说。"她命令道。

"我，黄霑，答应不答应迎娶陈惠敏，做我的法律上的妻子，爱她，珍惜她，在健康时或生病时，直到死亡为止？"

我们都说："I do（我愿意）。"

她问我："有没有带戒指？"

我们哪准备这些东西？摇摇头。

"不要紧。"她说完从桌子上拿了两个树胶圈，让我们互相戴上，大功告成。

女法官在结婚证上签了名，盖上印，交了给我。

我一看，看到证婚人的栏上写着一个叫罗伯特·钟斯的人，从不相识，便问她道："谁是罗伯特·钟斯？"

女法官懒洋洋地说："就是他。"

指的是睡在门口的那个黑人。

师太

亦舒用衣莎贝的笔名,在《明报周刊》这一写,也写了三十多年了吧。当然,她的小说更早了。

最初见到她时,是一个愤世嫉俗的少女,有点像《花生漫画》中的露西,一生起气来随时让你享受老拳那种人物,是非常非常可爱的。

我们两人认识半个世纪以上,但老死不相往来(其实她对任何人都一样,包括她的哥哥),她的消息,我也只借这本周刊得知一二,这是我唯一知她近况的渠道。

当今,她在内地拥有无数的读者,恭敬她的人,称她为师太,的确,在写爱情小说,她足够资格当师太级的人物,虽然这个名称令人想起金庸先生的灭绝师太,有点可怕。

在最近这篇散文中,她提稿酬事,我相信也有很多读者想知道的,亦舒说听到小朋友提议:"书是我写的,读者因我名买书,为何只分到十个巴仙①的版权费?"

她跟着解释:书本印出来,需先排字,纸张、印刷、装订这些,都不便宜,出版社还要设计封面、校对、付宣传费,等等。她忘提的是,那广大的发行网,作者要是自己拿到书店卖的话,车马费都不够。

喜欢看书的人,尤其是思春期中的少女,都梦想自己开一家书店,种满了花,有咖啡,有茶,招待客人,只卖自己喜欢的书。

更高的理想,就是成为一名作者了,口讲不出,内心里也偷偷幻想。男读者的话,当金庸、倪匡;女作家呀,当然是亦舒了,自以为写的是严肃文学,就要当杨绛,还要嫁给一个名气更响的丈夫。

大家都当作家,大家都想书一出版,就是好几百万本,向罗琳看齐。

砰的一声气球破了,回到现实,连自己印刷的几百本也卖不出去。奇迹不是没有的,但少之又少,当今的网络作家,就是奇迹。

---

① 巴仙:Pourcentage,百分比。

那到底要卖多少本才是畅销作家呢？市场那么大，几百万本不行，几十万总卖得出去吧？别做梦了，市场是大的，读者是多的，就是不买书罢了，大家上网看去，实体书能够印得上十万册，万岁万万岁！

亦舒的小说在内地，销路和香港一样稳定，每天勤力地写，出版社照样出书，在《明报周刊》，数十年不断地刊登她的长篇小说。

几个月便能结集出版一本书，根据出版的资料，亦舒在"天地图书"一共出版了三百一十本书，小说有二百六十一本，其中长篇小说占大部分，短篇及中篇小说共七十九本，散文集四十四本，散文精选集五本。

最新作品叫《森莎拉》《珍珑》《这是战争》《去年今日此门》。《写作这回事》这本散文集让读者了解她写作的心得和经验，是一本非常难得的书，如果对写作有兴趣，又想当作家的话，一定要买本看。

负责编辑的是吴惠芬，当刘文良先生在世时我常去他的办公室，外面坐的就是这位小姑娘，当今她已是天地图书的要员之一了，编辑亦舒的书，少不了她，贡献巨大。

除了《写作这回事》，吴惠芬还编辑了几本谈及亦舒逸事的书。《无暇失恋》谈爱情与两性关系，《红到几时》谈工作和事业。《我哥》围绕倪匡兄的趣事,以及《红楼梦里人》专写亦舒阅读《红楼梦》的心得和见解,研究红学的人非珍藏不可。还有一本新的未出版,讲亦舒的喜好,另一本有关她的人生经历的,会继续推出。

在二〇一七年,电视剧《我的前半生》改编自亦舒的经典作品,再次成为众人的热议,接下来可以改编的还有很多很多,像一个挖不完的宝藏。

亦舒小说从不过时,三百多本中没有一册是重复的,连她哥哥也惊叹道:"我的科幻天马行空,什么题材都可以写,有取之不尽的泉源。我妹妹的,写来写去,不过是A君爱B君,B君又去爱C君去,那么简单的关系,一写就可以写成三百多本书,叫我写,我写不出!"

日前因为写这篇稿需要一些数据,和吴惠芬联络,她问及当年在《东方日报》的专栏版《龙门阵》中,有一个叫《一题两写》的专栏,由亦舒和我每日在左右写一篇同题材的,而出题由谁负责?

这是多年前的事了,是谁出题我自己也忘了,依稀记得是当时的老总兼编辑提的,其中有一篇吴惠芬印象极深,是《何妈妈》,亦舒和我都住过邵氏公司的宿舍,也得过何莉莉的妈妈照顾,我们两人各自发表对她的观点,令读者留下深刻印象,可惜内容已找不回了,要结集出书,是不可能的了。

　　时常想念这位老友,今天东凑西凑,写成这篇东西,当成问候。

苏美璐

常为我的文章画插图的人,叫苏美璐,是位不食烟火的女孩子。

样子极为清秀,披长发,不施脂粉,个高,着平底布鞋。

不知从什么时候开始,我们之间产生了很强的默契,每次看到她的作品,都给我意外的惊喜。

我写了墨西哥的一位侍者,她没见过这个人,但依文字,画出来的样子像得不得了,我拿给一起去墨西哥拍外景的工作人员看,他们都把侍者的名字喊了出来。

画我的时候,她喜欢强调我的双颊,样子十分卡通,但把神情抓得牢牢。

办公室中留着她的一幅画,是家父去世后我向诸友鞠躬致谢的造型。全幅画只用黑白线条，我把画裱了，将旧黄色和尚袋剪了一小块下来，贴在画上，只能说是画蛇添足，但很有味道。

写倪匡的时候，她为我画了两张，其中之一：倪匡身穿"踢死兔"晚礼服，长了一条很长的狐狸尾巴。倪匡看了很喜欢，说文字虽佳，插图更美，要我向苏美璐讨了，现在挂在他旧金山家中的书房。

时常有读者来信询问美璐的地址，要向她买画。美璐对自己的作品似关心不关心，画完了交给杂志社，从来不把原稿留下，倪匡的那两张，她居然叫我自己向杂志社要。

美璐偶尔也替《时代周刊》和国泰航空的杂志画插图，今年国泰航空赠送的日历，是她的作品。

而美璐为什么住大屿山？她说生活简单，房租便宜，微少的收入，也够吃够住的了。

到年底，她与夫婿要搬回英国，我将失去一位好朋友。虽未到时候，人已惆怅。

木人

到北海道阿寒湖的"鹤雅"旅馆,一走进门,出现在眼前的就是一座木头的雕刻。一位少女坐在马上,马头朝天,少女也往天上看,风吹来,马鬃和少女的长发都吹得往上翘。造型非常优美,是令人越看越陶醉的作品。

一问之下,才知道是一位又聋又哑的艺术家雕的,他的名叫泷口政满。

这次又去阿寒湖"鹤雅"新筑的别馆,里面有个展览厅,看到泷口氏更多的杰作,有野鹤和猫头鹰等。

翌日正好是圣诞节,抽出时间往外跑,旅馆的附近有个村子,泷口政满在那里开了一家小店,决定向他买个回香港观赏。泷口先生刚刚在开门,我们见过两次面,大家亲切地打着手势请安。

我本来想买人像，泷口先生有个很杰出的作品，叫"共白发"，一男一女，两座分开，但从木纹上看到是出自一块木头。

楼梯间，有一只猫头鹰，猫头鹰是泷口先生最喜欢的主题之一，雕过形态不同的各种大小猫头鹰。这一只，刚走进来的时候看到头摆左，现在怎么又摆右呢？看来是两块木头刻的，头和身子连接得天衣无缝。有根轴，泷口先生把头拧来拧去，最后一百八十度拧到鹰的身后，得意之极。看他笑得像一个小孩子，知道他对这座作品有浓厚的感情，就改变主意，把猫头鹰买了下来。

一个客人也没有，我们用纸笔谈了很久，以下是泷口先生的故事：

雕刻大作品时，一定要弄清楚木头的个性，等木头干后才能决定要刻些什么，要不然在人物的手脚，或者猫头鹰的羽毛上出现了裂痕，就没那么完美了。每一种木头个性都不同，所以要和它们做朋友。

我在一九四一年出生于中国沈阳，父亲在铁路局做工，我最初的记忆来自巨大的火车头出现。

三岁的时候，我因为肺炎而发高烧，失去了听觉。到了二十五岁过后，我才第一次用助听器，发现乌鸦的叫声大得不得了。

五岁时回到东京，在越青大学附属的幼儿园读起，一读就读了十四年书。学校禁止我们用手语，因为要迫我们学看别人的嘴唇，但是下了课，同学们还是用手语交谈的，我喜欢学的绘画，后来的职业训练，老师们又教木工科，我学会了用木头制造需要的各种基本技巧。

父亲反对我选美术和工艺的道路，我也做过印刷工人。二十二岁的时候，我到了一直想去旅行的北海道，在阿寒湖畔的部落里，我第一次遇到倭奴人，他们脸上皱纹很深，留下印象。

现在北海道的手工艺品大多数是机械生产，当年的都是手雕。每一家店卖的东西，刻出来的完全不一样。我一间一间走着，觉得非常有趣。

在那里，我遇到一位二十岁的倭奴族女子，在土产店当售货员。她说：欢迎光临。我一点反应也没有，后来两人的眼光接触，我才解释说我是听不到东西的。

离开北海道后，两人开始写信，她知道我对木刻有兴趣，常把村里拾到的奇形怪状的木头用纸箱装起来寄给我，信上最后用 Sarorun 签名，倭奴语"鹤"的意思。我的回信上用 Ichinge 签名，"龟"的意思。后来在村里开的店，店名叫 Ichinge。

决定在北海道住下，是二十四岁。最初以刻木熊为生，两年后和那位倭奴女性结婚。以妻子为模特儿，刻了很多倭奴少女的雕像，自己的作品卖得出，不管多少钱，也觉得好开心。

刻得多了，对种种木头的特征认识就深了，木纹木眼怎么安排才美，也学会了一些。从小作品刻到大的，北海道的观光季节只有夏天的半年，冬天用来刻自己喜欢的东西。

每年春天，雪融的时候，忽然会刮起一阵暖风，风中带有泥土的气息。地上已长着嫩芽。这阵风把少女的头发吹起，脸上的表情是喜悦的，我用木头捕捉下来。

有一晚，驾车的时候撞到一只猫头鹰，顽强的生命力，令它死不去，我也了解为什么倭奴人当它是神来拜。从此，我也喜欢刻猫头鹰。

到了秋天，大量的木头从湖中漂上岸，数十年也不腐化，有些还埋在土里，被水冲出来的。不管多重，我都抬回来，依形雕刻。钓鱼的人常把这种木头烧了取暖，我看到形态有趣的就叫他们送给我，所以我有些作品一部分是烧焦的。

很多电视和杂志访问我，叫我聋哑艺术家。我只想告诉他们，聋人的作品，就算不比常人好，也不比常人差。我的耳聋影响我口哑，但是不是我愿意的，看我的雕塑，看不出我的聋哑。

现在我最感到幸福的是，在距离我的店三十公里之外，有一个工作室，家就在旁边。地一挖，喷出温泉。晚上浸着，抬头一看，满天星斗像要降下来似的，月光很亮，不需电灯也看到东西。

浴后走进屋子，喝一杯，睡早觉。妻子说什么我假装听不到。从她的口型，知道她在说："我还以为是一根木头走进来呢！"

老人与猫

　　岛耕二先生在日本影坛占着一席很重要的位子,大映公司的许多巨片都是由他导演,买到香港来上映的有《金色夜叉》和《相逢音乐町》等,相信老一辈的影迷会记得。

　　他原是位演员,样子英俊,身材魁梧,当年六英尺[①]高的日本人不多。

　　我和岛耕二先生认识,是因为请他编导一部我监制的戏,谈剧本时,常到他家里去。

　　从车站下车,徒步十五分钟方能抵达,在农田中的一间小屋,有个大花园。

[①] 英尺:英美等国使用的长度单位,1英尺为30.48厘米。

一走进家里，我看到一群花猫。

年轻的我，并不爱动物，被那些猫包围着，有点恐怖的感觉。

岛耕二先生抱起一只，轻轻抚摸："都是流浪猫，我不喜欢那些富贵的波斯猫。"

"怎么一养就养那么多？"我问。

"一只只来，一只只去。"他说，"我并没有养，只是拿东西给它们吃。我是主人，它们是客人。'养'字，太伟大，是它们来陪我罢了。"

我们一面谈工作，一面喝酒，岛耕二先生喝的是最便宜的威士忌 Suntory Red，两瓶份一共有一点五公升的那种，才卖五百円，他说宁愿把钱省下去买猫粮。喝呀喝呀，很快地就把那一大瓶东西干得精光。

又吃了很多耕岛二先生做的下酒小菜，肚子一饱昏昏欲睡，就躺在榻榻米上，常有腾云驾雾的美梦出现，醒来发觉是那群猫儿用尾巴在我脸上轻轻地扫。

也许我浪费纸张的习惯，是由岛耕二先生那里学回来的，当年面纸还是奢侈品，只有女人化妆时才肯花钱去买，但是岛耕二先生家里总是这里一盒那里一盒的，随时抽几张来用，他最喜欢为猫儿擦眼睛，一见到它们眼角不清洁就向我说："猫爱干净，身上的毛用舌头去舔，有时也用爪洗脸，但是眼缝擦不到，只有由我代劳了。"

后来，到岛耕二先生家里，成为每周的娱乐，之前我会带着女朋友到百货公司买一大堆菜料，两人捧着上门，用同一种鱼或肉，举行料理比赛，岛耕二先生做日本菜，我做中国的。最后由女朋友当评判，我较有胜出的机会，女朋友是我的嘛。

我们一起合作了三部电影，最后两片是在新加坡、马来西亚出外景。遇到制作上的困难，岛耕二先生的袖中总有用不完的妙计，抽出来一件件发挥，为我这个经验不足的监制解决问题。

半夜，岛耕二先生躲在旅馆房中分镜头，推敲至天明。当年他已有六十多岁。辛苦了老人家，但是我并不懂得去痛惜；不知道健壮的他，身体已渐差。

岛耕二先生从前的太太是大明星大美人的轰夕起子，后来的情妇也是年轻美貌的，但到了晚年，却和一位面貌平凡开裁缝店的中年妇人结了婚。

羽毛丰满的我，已不能局限于日本，飞到世界各地去监制制作费更多的电影，不和岛耕二先生见面已久。

逝世的消息传来。

我不能放弃一班工作人员去奔丧，第一个反应并没想到他悲伤的妻子，反而是："那群猫怎么办？"

回到香港，见办公室桌面有一封他太太的信。

"……他一直告诉我，来陪他的猫之中，您最有个性，是他最爱的一只。

（啊，原来我在岛耕二先生眼里是一只猫！）

"他说过有一次在槟城拍戏时，三更半夜您和几个工作人员跳进海中游水，身体沾着漂浮着的磷质，像会发光的鱼。他看了好想和你们一起去游，但是他印象中的日本海水，连夏天也是冰凉的。身体不好，不敢和你们去。想不到你不管三七二十一地拉他下海，浸了才知道水是温暖的。那一次，是他晚年中最愉快的一个经验。

"逝世之前，NHK派了一队工作人员来为他拍了一部纪录片，题名为《老人与猫》。

"我知道您一定会问主人死后，那群猫儿由谁来养，因为我是不喜欢猫的。

"请您放心。

"拜您所赐，最后那三部电影的片酬，令我们有足够的钱去把房子重建，改为一座两层楼的公寓，有八个房间出租给人。

"在我们家附近有间女子音乐学院，房客都是爱音乐的少女。有时她们的家用还没寄来，就到厨房找东西吃，和那群猫一样。

"吃完饭,大家拿了乐器在客厅中合奏。古典的居多,但也有爵士,甚至于披头士的流行曲。

"岛先生死了,大家伤心之余,把猫儿分开拿回自己房间收留,活得很好……"

读完信,禁不住滴下了眼泪。那盒录像带,我至今未动,知道看了一定哭得崩溃。

今天搬家,又搬出录像带来。

硬起心放进机器,荧光幕上出现了老人,抱着猫儿,为它清洁眼角,我眼睛又湿,谁来替我擦干?

梦香老先生

家父友人中有一位蔡梦香先生。他是潮州人，在上海法政大学读书，后来寄居星洲和槟城。

蔡先生是一位清癯如鹤、天真如婴儿的老人，很随和脱略，老少同欢。手头好像很阔绰，随身行装却很少，只有一个又旧又小的藤箱。一天，一个打扫房间的工人好奇地偷看他那藤箱中装的是什么东西，原来那三两件的衣服已拿去洗，里面空空洞洞，只有一张折叠着的黄纸，上面写着"处士讳梦香公之墓"。

大家知道了这秘密不敢说出口，老人却敏感地抢先声明："自己的身后事让自己做好，不是减少后人的麻烦吗？"

他更写了一首诗：

> 随处尽堪埋我骨，天涯终老亦何妨？
>
> 死生不出地球外，四海六洲皆故乡。

一生中，蔡先生从来不用床。疲倦了躺在醉翁椅上，像一只虾一样屈起来做梦。梦醒又写诗作对，写完即刻抛掉。什么纸都不论，连小学生的算学蓝色方格簿上也写。桌上一本书也没有，但是看他的诗、书法和画，可知他的功力极深。除了做梦，蔡先生还会吐纳气功，清醒的时间只有十分之二三。当他作画时，不知自己是书是画，是梦是醒：醒后入梦，而不知其梦。对于他，什么所谓画，怎么所谓醒，都不重要了。

有一天，一件突发的事破坏了他一贯的生活规律。那是他中了头奖马票。本来冷眼看他的人都来向他借钱。他说："想见面的朋友偏偏不来看我，因为马票已成友情的障碍；而怕和我见面的却天天包围着我，这怎么办？"

还有怎么办？他畅意挥霍，过了一年半载，把钱花光了，然后心安理得，蜷曲醉翁椅昏昏入梦。

文人的生活到底不好过，他流浪寄居于各地会馆，终遭白眼。蔡先生于八十三岁逝世，我一直无缘见他一面。今天读他的遗作，知道他在临终那几年已丧失了豪迈，他写道：

> 处处崎岖行不得，艰难万里度云山；
>
> 不如归去去何处，随遇而安难暂安。

这首诗与他当年"四海六洲皆故乡"的旷达心情是相差多远,不禁为他老人家流泪。

七老八老

我那辈子的电影圈中人,当红的不少,赚得满钵,但因不善理财,老后生活清寒,甚为孤独。

例外的是曾江和焦姣这一对,两人都懂得什么叫满足,虽非大富大贵,但过着幸福的日子。

曾江是我第一次来香港时认识的,我由新加坡飞到香港,买了冬天衣服后才乘船到日本,抵达启德机场时由他来接机。当年他和第一任妻子蓝娣正在拍拖,而蓝娣的姐姐张莱莱又是家父好友,就请他们照顾我一下。

曾江长得是怎么一个样子?大家可由他拍的染发膏广告,或粤语残片中看到。那广告没有合同,用了再用,一用几十年,他身边的两个女子已不合时,以特技换了几次,曾江还是曾江。

最近和他们夫妇一块旅行，时间多了，聊了不少往事，他右边耳朵已不灵光了，左边用了助听器，说如果遇到合不来的人，就干脆关掉，得一个清静。不过遇到我这个老朋友，什么都问，他也不得不回答。

是怎么和焦姣结婚的呢？焦姣人很斯文，也可以说是一位相当保守的女性，丈夫黄宗迅喜骑电单车，在一次车祸中死去，就一直守寡。曾江和蓝娣离婚后娶了专栏作家邓拱璧，她沉迷于粤剧，连他们女儿的名字也取为慕雪，就是仰慕白雪仙之意。两人爱好不同，终于离异，这时遇上焦姣，开始来往，曾江也爱骑电单车，载上她郊游，焦姣触景伤情想起亡夫，大哭一场，曾江怜香惜玉，从此答应照顾她一生。

蜜月在美国度过，租了辆车，从东岸驾到西岸，一面唱着罗大佑的《恋曲一九九〇》，结婚至今，已二十多年了。

"那你把余慕莲弄哭了，又是怎么一回事？"我问。

曾江笑道："剧本要求她亲近我，但她介意，我说怕什么，亲就亲吧！结果她哭了出来，不关我的事。"

"又为什么被叫为躁狂症呢？"

"戏拍多了，知道有些错误的主张会走冤枉路，我一向有什么说什么，指了出来，没想到年轻人自尊心那么厉害，说我爱骂人，我也没办法呀。"他说。

"经验是钱不能买的。"

"是呀。"曾江说,"你知道啦,演员除了演技,还要会找方位。这么一来,走到哪里,镜头就可以跟到哪里,才不会有 NG,周润发和我到好莱坞拍戏,把方位记得清清楚楚,导演一个镜头拍下,从不失败。那边的工作人员都惊奇得不得了,他们哪里知道我们都是已经拍过上百部戏的人。"

"你一早就加入好莱坞的演员工会是吗?"

"唔。"他说,"在《血仍未冷》已加入,他们那边把电影当成重要的工业,有坚强的制度来保障演员。"

"是怎么收费的?"

"看收入,最多可以抽你百分之三十。"

"哗。"

"扣了就不必缴政府的税了,也算便宜呀,今后的账清清楚楚,卖了什么政府的版权,就交多少钱给你,这一点那一点,积少成多,我到现在每个月还有几百美元的收入,保障一生,当成买糖吃,也不少呀。"

"每一个演员都能参加吗?"

"要看你在电影里的戏份,他们会来邀请你参加的。拍 007 那部戏,出入英美都是头等机票,入住五星酒店,要吃什么就吃什么,牛扒龙虾尽尝。到了《艺伎回忆录》,福利最好。"

焦姣那方面，最初在台湾加入电影演员训练班，后来演出多部舞台剧，来了香港参加邵氏，拍的《独臂刀》大家都有印象，她一直是位低调的演员，人缘很好，许多演员都得到她的照顾，至今还与他们联络，在海外的一来到香港一定找她。

"由少女演到母亲，是什么心态？"我问。

"为了片酬，什么戏都接，没有什么感想。"她说，"我和萧芳芳同年，在《广岛廿八》那部戏中已演她的妈妈，也没什么好说的，大家只是说我演得好，就够了。"

我和焦姣聊个不停，问当年我们共同认识的女明星近况，她都能如数家珍，是一位电影圈历史专家，有人要找资料，问她没错。

近年来，曾江还不停地工作，焦姣也偶尔演舞台剧，两人生活方式独立，曾江喜欢电单车的热忱不减，去年在台湾参加了环岛老骑士，驾了哈利，把台湾走了一圈。

偶尔，他们到九龙城街市买菜，我们相约在三楼的熟食档吃早餐，曾江还是大鱼大肉，焦姣就吃得清淡，饭后，他到木球会去打木球，她打打麻将，是位台湾牌高手，很少人能赢到她的钱。

两人有时也为了健康问题吵一吵，但最后曾江还是屈服，他偷偷地向我说："幸亏有她，的确是位好太太。"

二〇一三年，曾江快要过八十大寿，焦姣也有七十了。七老八老，在别的夫妻身上看得到，但他们两人，永远年轻。

纽约的张文艺

我在每一个大城市都有一个好朋友,他们一定对这个城市有很深厚的感情,彻底知道这地方的每一个角落,每一点一滴。在和他们的交谈之中,你要尽情地吸收他们对这个城市的爱,将他们的城市,变成你的城市。

如果你很幸运的话,去纽约,和张文艺逛街,他便会把每一座大厦,甚至每一棵树的历史清清楚楚地讲给你听,古语中的如沐春风,便是这种感觉。

张文艺是谁?有些人会说他是张艾嘉的舅舅,而在我眼中,一直认为张文艺的侄女是张艾嘉。他们两人的感情已经是父女关系,这一点张艾嘉为他的新书《一瓢纽约》写的序中,也是这么说的。

那时候我在邵氏，李翰祥找张艾嘉来演贾宝玉，知识分子的艾嘉问我好不好。她自认还没有资格，我回答说当一名演员，任何角色都要争取，任何经验都是可贵的，结果她把戏接了，成绩正如她自己所料不如理想，但在她的演艺生涯中，也的确是一个难忘的踏脚石。而张艾嘉回赠给我的礼物，就是把张文艺介绍了给我。

张文艺的家，在纽约的百老汇大街一头，走出去就是唐人街，再远一点可以步行到富尔顿鱼市场，纽约是一个可以走路的都市，我们两人不停地走。

"在这里拍了 Ghostbusters（《捉鬼敢死队》）。"他说，数不清的大厦，说不完的电影名称，我感到异常地熟悉，电影中的情景，不断地重现。

累了，停下来喝一杯，张文艺最喜欢喝威士忌，偶尔也爱伏特加，他带我到大中央蚝吧，在大中央终站地下，我们一碟碟的生蚝吃个不停。我们的伏特加一杯杯干个不停，他又说纽约人喝伏特加，照俄国人传统，是把整瓶酒冻在冰格中，淋上水，让酒瓶包上一层厚冰，倒出来的酒，像糖浆一般的浓稠。

有时，我们干脆不出门，在他家客厅天南地北地聊天，他太太也常好奇地说："文艺的外地朋友极多，来到纽约总是四处跑，从来没有一个像你一样喜欢留在客厅里的。"

张文艺的客厅，这么多年来，集中了无数的文人骚客，包括费明杰、林怀民等，我们共同的好友丁雄泉先生住纽约时也是他家常客，后来的内地艺术家画家也没有一个不去过。

记得有一天，天寒地冻，我早上散步到唐人街，买了七八只大龙虾和一堆大芥菜，龙虾壳烧爆，肉刺身，头脚和大芥菜及豆腐熬汤，是丰富的一餐。

美国9·11恐怖袭击之后，我便发誓不去美国，包括我心爱的纽约，因为过海关时的那种把游客当成恐怖分子的态度，我是受不了的，也不必去受。

张文艺反而来香港来得多，每隔一两年，他总会来东方走走，虽然纽约是他半个世纪以上的第二故乡，东方的情怀和友人，以及食物，是他忘不了的。

每次来，我都带他散步，香港也是个散步的都市，如果你懂得怎么走。我们从中环走到西环，每一条街每一栋建筑也都有名堂，他感叹汇丰大厦的设计，他欣赏旧中国银行的建筑。当我们乘渡轮过海时，我向他指出，前面是一个曼哈顿，你回头时，又有一个曼哈顿。

来香港，他最喜欢的，还是澡堂子，我带过他去油麻地的那家，也去了宝勒巷的澡堂，师傅们用毛巾包成手刀，将身上的老泥都搓掉的滋味，不是纽约能找得到的，可惜近年来已绝迹。

说回张文艺的样子,他这几十年来身材保持不变,永远是那么高高瘦瘦,从前还戴一个过时的大框眼镜,最近才改了。

改不掉的是他那条牛仔裤,没有一天换别的,这是他到了美国之后承袭的传统,在他家的衣柜中看到他的牛仔裤,至少上百条。

"这多半是因为我有幸(或不幸)一生都处在一个历史的夹缝,我没有做过任何需要穿西装打领带的工作。"他在书中说过。

一直在联合国做事的他,有本联合国护照,也被联合国派到非洲长驻了三年,家中还摆设许多难得的部族工艺品。

张文艺带我去参观过联合国,联合国的每一个国家都在他们的馆前摆一个代表性的工艺品。

前几天张文艺又来香港,问他逗留多久,他说中间可能要去北京一趟,他写的一本很另类的武侠小说《侠隐》,反响巨大,被姜文看中,买了版权要拍成电影,姜文要他去北京,聊聊剧本意见,张文艺说电影和小说是两个不同的媒体,全权交给姜文去处理,但如果谈当年的北平,他可以给一点服装和道具上的数据。

出版《侠隐》的"世纪文景"工作非常认真,《一瓢纽约》

也由他们出版，现在拿在手上看，的确是我见过的一本最好的内地出版的书，其中的照片由张文艺好友韩湘宁提供，彩色和黑白的都印刷精美，内容更像走进张文艺的客厅，和他聊聊纽约，聊得三天三夜，喜欢纽约的人，必读。

琉璃

见面时，我们不禁地拥抱。

岁月在我们身上都留下痕迹，但她还是回忆中的那个少女，一个不断地追求精神上更高一层次的女人。

刚认识时，她已是位出色的演员。我们一起在东京拍戏，工作完毕，到一家小酒吧去。本来清清静静，给我们又唱歌又闹酒，气氛搞得像过年。是的，那是旧历年的除夕，日本不过农历年，只是个平凡的晚上。我们身处异乡，创造自己的年夜。

另一年的元宵，我们一起到台湾北港过妈祖诞，鞭炮的废纸，在街上铺了一层又一层，有如红色的积雪。

从来没见过人民那么热烈地庆祝一个节日，各家摆满十数桌酒席，拉路过的陌生人去吃饭，越多人来吃，才越有面子。

烟花堆成小山，已不是噼噼啪啪地放，而是像炸弹一声轰隆巨响，刹那间烧光一切。

看个地痞变本加厉地拿个土制炸弹掺进烟花中，爆炸的威力令我们都倒退数步。

"虎爷不见了！"听到人家大喊。

这个虎爷是块黑漆漆的木头公仔，据闻是在百多年前由内地请神明请到台湾来的。北港的人民当它是宝，给那个土炸弹爆得飞上天空失踪了，找不到的话，人民迷信将有一场大灾难。

混乱之中，有些流氓乘机摸了她，我们这群朋友看了火滚，和他们大打出手，记忆犹新。

好在大家都没有受伤，虎爷也在一家人的屋顶上找到了，一片欢呼，结束了疯狂的一夜。

从此，二十年来我们再也不碰头，但在报上、电视上常看到她的消息，由一个专演娱乐片的明星，到拍艺术片，连续了两届影后的她，忽然地息影了。

电影这一行，始终是综合艺术，并不个人化。好演员要靠好的导演栽培。成为大师级的导演，又是谁出钱给他拍戏的呢？还不都是庸俗的商人。

她寻求自我中心的满足感，终于找到了琉璃艺术这条路。

听到这消息,真为她高兴。这个艺术的领域,还是很少人去琢磨的。

书法、绘画、木工、石雕等,太多大师级的人物霸占着一席。如果大家都是以艺术家身份来互相欣赏,那倒无所谓。令人懊恼的是浑水摸鱼的人太多,攻击来攻击去,已不是搞艺术,而是搞政治了。

琉璃艺术在西周,距今三千多年前已兴起。历代中产生不少的光辉,到清朝还在鼻烟壶上努力过。近代东方人一直忽视了这门工艺,反而是西方,深受重视。

美国的 Tiffany、捷克的 Libensky 的作品,我到世界的各大博物院中都曾经见过。二十世纪初的西方装饰艺术 Art Deco 中,琉璃作品里也大量运用中国器皿为概念,这门艺术,应该在东方发扬光大才对。

有时看来像翡翠,有时看来像玛瑙,有时看来像脂玉,有时看来像田黄。琉璃艺术的颜色变化多端。

这种法国人所谓的水晶脱蜡精铸法(Pate-De-Verre),是将水晶的原粒,加入发色的酸化金属,在炉中高温熔化而成,过程复杂到极点。多年来,她一天十几小时,就算酷暑炎午,她还是在四十摄氏度的高温下工作,失败又失败地重复之下,得到的成果,来得不容易。

作品《玫瑰莲盏》中，水晶脱蜡精铸法已发挥到淋漓尽致的地步。碧绿的莲叶，含着那朵鲜红的小花朵，像一块刚挖出来的鸡血石，是大自然浑合出来的斑点，意境极高。

众多作品，我最喜欢的是《金佛手药师琉璃光如来》。一只金色的手臂，隐藏着面孔慈祥的佛像，概念是大胆而创新的，这是从来没有看过的造型，应该说是她的代表作吧。

法国的巴克洛和达利克把琉璃艺术发展到商业装饰里，开拓了广大的世界市场，为国家争取不少的外汇。

我们见面时，问过她是否会走法国人的商业路线。

她笑笑，表示留给她的伙伴张毅去做，自己只攻创作。其实她的作品中的"悲悯"和其他不同的主题，是外框很厚的玻璃砖，中间藏着各类雕塑，很适合建筑美学上用，能将一栋平凡的墙砌成一件艺术品。

在我三十多年的电影生涯中，认识的女明星不少。家庭破碎的也有，潦倒的也有，消失的也有。

我也认识很多后来成为贤妻良母、家庭美满的演员，俗人知道也好，不知道也好。

她应该是最幸福的一个吧。看到她的表情，很像《芭贝之宴》一片的女主角，用尽一切为客人做出难忘的一餐。

人家问她："你把时间和金钱统统花光，不是变成穷人吗？"

芭贝回答:"艺术家是不穷的。"

朋友常问说我写的人物,是不是真有其人?在她的例子,是真的。她的名字叫杨惠珊,又叫琉璃。

周迅

  内地一份畅销周刊要颁一个奖给周迅,由我递到她手上。

  凡是有这种典礼,工作人员总觉不安,虽然有很多时间才轮到,也要一早把我们赶到台下等候。周迅没有大牌,听话照做。

  但是,避不了闯前合照的,也有其他传媒临时要做访问,人数众多,没有组织,烦不胜烦。

  周迅客气地一一答应对方的要求,给足士人家的面子之后,就一溜烟地跑回休息室,不管工作人员怎么催促,没到最后一分钟,不肯出来。

  我看了暗暗钦佩。这种态度绝对正确,先礼让,接着便坚持原则,什么脸都不必给。

  终于完毕,大会本来准备了消夜,但周迅说要去我有份参与的"粗菜馆"吃东西，我打了一个电话给老总崔明贵，他是我在嘉禾年代的老同事，说什么都行。

一群人涌到闸北的那家，装修不及徐家汇和外滩的，但听说师傅较为资深，炒猪杂先上，是招牌菜，周迅和她公司的同事吃得津津有味，一点也不怕胆固醇。崔老总赶到，我叫他亲自下厨另炒一碟，比较一下，还是他的厨艺高超。见众人吃得高兴，崔老总几乎把整间店的菜肴都搬了出来。

已经开始咽不下了，周迅还说小时候吃过猪油拌饭，这是上辈子人苦时候的美食，想不到周迅也试过。猪油很香，大家又连吞三大碗。

一边吃东西一边聊天，发觉金庸先生没有说错，他告诉我周迅是位性情中人，大癫大肺，重情义，扮女侠不必靠演技。

周迅也喜欢参加慈善活动，到乡下教育贫困儿童。周迅形容小孩子们第一次看到一桌子的菜，两只眼睛水汪汪，感动得快要淌下眼泪，她一面说一面扮演，神情像到极点，注定她是吃这一行饭的人。

肆

做一个不合时宜的人

/

不必勉强自己,

守人生七字真言错不了,

那就是:"抽烟,喝酒,不运动。"

年轻 VS 年老

每一个人只能年轻一次,大家都歌颂青春的无价;青春小鸟一样不回来!啦啦啦啦!啊!千万别浪费它!

但是每个人也只能中年一次,老一次。人生每一个阶段都珍贵,何必妄自菲薄呢?

遇到老者,像躲麻风病人一般逃避的年轻人,哈哈,不必去骂他们,终有一天他们自己也会变麻风的。

老实说,我并不喜欢年轻时的我,我觉得我当年不够充实,鉴赏力不足,自大无知,缺点数之不尽。看以前的照片,只对自己高瘦的身材有点怀念,还有剩下的那点愤世嫉俗的忧郁。

不,不,我忘了,尚有一个好处,那就是用不完的精力。

现在,和女子在一起的过程如吃西餐,有冷热头盘、汤、主菜、沙律和甜品、饭前酒、餐中酒、事后的白兰地等，比较起来，年轻时只是麦当劳的汉堡包一个，可怜得很。

衣着方面，当年的色调只肯取白、灰、蓝和黑，除此之外，一切免谈。不知何时开始，对鲜红有了认识。同时也知道了丝绸贴身的感觉，更爱麻和棉对肌肤的摩擦。穿牛仔裤的人，岂能了解。

年纪大了，如果能穿一整套棕色西装，衬着同颜色跑车，在繁华的大道中下车散步，背后有夕阳，那当然最好。要不然，只要穿得干干净净、整整齐齐，也比衣着随便的年轻人好看。

不过，现实问题，有一些钱是更好的。

年轻女子崇拜上年纪的男人有几点：

因为他们有父亲的形态，和有一些钱；

因为他们是一个有经验的爱人，和有一些钱；

因为他们不会要求你和他有一大群儿女，和有一些钱；

因为他们办事有极大的威信，和有一些钱；

因为他们有生活的情趣，和有一些钱；

因为他们懂得艺术，和有一些钱。

青年男子，即使有钱，亦无上述的条件，所以只能找找小明星当什么公子。

从前年轻的时候，一桌子十二个人，我一坐下来，是我最小，但是现在同样一桌子十二个人，我坐下来，是我最大。从前和现在，不过像是昨天和今日，快得很，也没什么大不了的。不过很奇怪，当我是最年轻的时候，我已经想到有一天我是最老的，我好像一早就有了心理准备，所以一点也不感到惊奇。

老花眼镜，我在三十岁那年已经戴了。当时看书一直感到吃力，到东京公干，朋友介绍我去找一个最出名的眼医。他检查了一下，就断定是远视，给我一张账单，是个天文数字。我抗议，那眼医笑笑："这叫作聪明老花镜呀！"

结果付钱后舒舒服服地走出来。

这个故事中又悟出一个哲理：要老，也得老得聪明一点；要老，就老得快乐一点，被骗也不要紧的。

快乐的定义每一个人都不同，有些只要半个老婆就满足，但是要很多钱；有些人三餐吃公仔面就够，但是要很多钱；有些人只要去去卡拉 OK，但是要很多钱。

刚才说过，有一些钱是更好，不过有钱要懂得怎么去花才是快乐，不然只是银行簿上多一个零和少一个零的问题罢了。

年轻人多数不懂得花钱，因为他们连经济基础也没打稳。上年纪的人也多数不懂得花钱，因为他们怕病了，怕更老，钱不够花。

花钱是中年人、老年人第一个要学的课程，可以先从送东西开始。

送礼物的快乐不单是在得到礼物的人；送东西的时候的快感，不单是用金钱来衡量，而是要花心思，要算得准时间，要送得狠。

送礼物最高的境界不在于一样样的东西，而是送一个毕生都忘不了的经验，就算这个经验是一年、一天或几个小时。

年轻人最多只是送送花和巧克力，那是最低的手段，偶尔他们也能送一个身家，爱上一个坏女人，什么都奉献。年纪大一点，当然不会做火山孝子。

最佳礼物是承诺。有经验的人骗起人来会令对方很舒服，那么骗骗人有什么不好？

技巧在于诚恳的态度，年轻人做不到，因为他们会脸红，上了年纪，脸皮较厚是件当然的事，因为他们失败得多了。到后来连自己也骗了，就把在年轻时候的种种不愉快的经验变为美好，成为事实，等于他们的人生经验了。最后，他们还能把这些经验写成文字，骗骗读者，读者高兴，他们自己赚稿费，何乐不为？

年轻人说：你们老了。

不，不，不，不，我们不会变得更老，我们只会变得更好。

寻开心

"寻开心"这个字眼,原有贬义,是无赖的行为。

"你在寻什么开心?"当对方说这句话时,是骂你无事找事做。

现代的诠释已经不同。做人,的确是要寻开心,这样才是积极快乐由自己创造,书本、音乐、种花、养鱼,都是开心的源泉。

家庭主妇买菜,为了能够减一两毛钱,也乐个半天。到超市比价,看哪一家的面纸卖得便宜一点,一天也能快活地度过。

不过也有宿命论:不开心的种,养出不开心的人;父母闷闷不乐,做儿女的想挤也挤不出一个笑容。快乐与否,完全由天生个性决定,再努力也没有用。除非你是一个以为人定胜天的人,这种"以为"的态度,已是积极。改变个性和命运的例子,还是有的。

回顾一下,有什么事能令你大笑一场?那么,重复去做吧!绝对没错。

我说过要一天比一天活得更好,说的是生活质量的提高,不一定靠金钱,但需要付出努力。花时间研究任何事,结局是都能变为专家,一变成专家就能挣钱。烦恼总是不断出现,有什么方法应付?学《花生漫画》的史努比呀!在草原上跳舞,大叫"日日是好日"。

或者,为在意别人怎么看你,又烦恼了。再次学史努比呀!在草原上跳舞,大叫:"一万年后,又有什么分别?"

多想想那些让自己开心的事。想,是不花钱的,大家寻开心去也。

日子容易过

每次去欧洲总是匆匆忙忙，时间不足，到处跑个不停，我认为老远走一趟，非弄个够本不可。

有时也不是自己愿意的，亲朋好友一起去，大家想逛些什么，就跟大队。名店街当然逛，还有那些所谓的米其林三星餐厅，东西虽然不错，但环境不让你吃个舒畅。

这回是一个人静悄悄地前往。一向住惯的酒店爆满，也无所谓，在附近找到一家小的酒店，很干净，五脏俱全，除了没有煲热水的壶，沏红茶不太方便而已。

探望友人，在家陪他聊天，不太出门，反正所有值得去的博物馆、美术院都去过了，清清静静地谈了一个下午，也比到处走好。

过当地人的日常生活。从树下捡到一堆堆的核桃，刚成熟，剥开一看，那层衣还是白色的，一咬进口，那牛奶般的液体又香又甜。这种天下美味，相信很少有人会慢慢欣赏。吃了之后，看到那些普通的核桃，再也不会伸手去剥了。

桃子刚过，李子出现。欧洲有种李子，又绿又难看，若非友人介绍，真的不会去碰。原来这种李子是愈绿愈甜的，起初还怀疑，吃了怪自己多心。

正是各种野草莓长熟的季节，用纸折成一只小船当容器，一只只装满小果实，红的、绿的、紫的，以为很酸，哪知很甜。

各种芝士吃个不停，面包的变化也多。

什么？你只吃面包和芝士过日子？友人不相信。

你怎么想是你的事，这几天的确是这么过了。但是有点偷懒，要灌红酒才行。酒又是那种比水还便宜的，喝起来不逊名牌。

欧洲照样有负资产，也有大把人失业，但他们的穷日子，好像比东方人容易过一点。

老

生老病死是人生必然的过程,"病"是最多人讨论的;"生"理所当然,没什么好谈;"死"是中国人最忌讳的,从前不敢去提到它。今天要聊的是"老"。

得从时间角度去看,我们十几岁时,觉得三十岁的人已经很老。到自己是三十岁的阶段,就说六十方老。古来稀了,还自圆其说:"人老心不老。"

我们对渐进式的改变从没感觉,一下子就从儿童到了中年到了晚年。讥笑别人老,自己也一定遭报应。丰子恺先生在三十多岁时已写了一篇叫《渐》的文章,分析这种缓慢的变化过程,可读性极高。

为什么我们对"老"有那么大的恐惧呢?皆因那些孤苦伶

仃、行动不便的人给了我们印象，以为大家老了，就会变成那个样子。

你不想老吗？商人即刻有生意可做，什么防皱膏、抗老药在市面上一大堆，还有我们的整容医生呢。但是，一切枉然，老还是要老。

应该怎么老呢？我觉得老要老得有尊严，老要老得干干净净。

不管你有钱没钱，一件衬衫总得洗净烫直。做得到的话，怎么老都可以接受，不一定要穿什么名牌。

如果不会，旅行时就要向他人学习了。当然也有衣衫褴褛的例子，但是不少人注重外表。像在巴黎香榭丽舍，到了秋天，路上两排巨木的叶子变黄，一辆小雪铁龙轿车停下，是深绿色，走下一对穿咖啡色毛衣的老夫妇，在街中散步。一切金黄，和落日统一起来，多么美妙！

香港人有必要学老，因为他们是全世界最长寿的人之一，男人平均年龄七十九、八十岁，女人八十六七岁，皆列世界第二位。

如何学老呢？从年轻开始，就要不断学习，别无他途。学识丰富了，任何一种专长都可以用来做生财工具，我们就可以不怕穷，不怕老了。

年轻人，别再打电子游戏和听无聊的流行音乐了。不然，你就会变成你想象中老了的样子。

活着

"你做那么多事,一定从早忙到晚!"认识我的人那么说。

也不一定,我有空闲的时候,有时一天什么事都不做。慢慢梳洗、读报、看小说,饿了煮个公仔面吃吃。逍逍遥遥。

香港人忙来干什么?忙来把时间储蓄,灵活运用,赠送给远方来访的友人。

返港后,刚好遇到好友路过,我陪他一整天。反正现在有手提电话,急事交代几句,轻松得很,没什么压力。

通常都会睡得迟一点,可惜这条劳碌命不让我这么做,五点多六点就起,到阳台看看,今天又长了多少朵白兰花。

散步到菜市场,遇相熟友人,上三楼去吃牛腩捞面之前,先斩些叉烧肉,吃不完打包回家,中午炒饭,又派上用场。

应该做的零星事,像把眼镜框修理好,手表的弹簧带断了,快去换一条新的。头发是否要剪?脚指甲到时候修了吧?

趁今天多写点稿!这么一想,所谓的悠闲日便完全破坏了。心算一下,这份报纸还有多少篇未发表?那本周刊有几多存货?可免则免,宁愿其他日子挨通宵,也不想在今天做。

是替家父上上香的时候了,将小佛坛的灰尘打扫干净,合十又合十。

是打个电话去慰问家母的时候了,啊!啊!没事吗?没事最好!燕窝吃完了吗?下次带去。今天是赶不及探访了。

篆刻书法荒废已久,再练一练吧?把纸墨拿了出来时,改变主意,还是继续画领带好。一条又一条,十几条之中,满意的只有一二,也足够了,明天上班系上。

"你还要上班吗?"友人问。

不上班,怎么知道礼拜天可贵?不偶尔偷懒一下,活着干什么?

报复

在这些苦闷的日子里，最好做些花工夫的事，到菜市场去买几个青柠檬，把底部削去一截，让它们可以站稳，再切头，用银茶匙挖空，肉弃之。

然后在厨房找一个不再用的小锅，把白色的大蜡烛切半，取出芯来，蜡烛扔进锅中加火熔化，一手拉住芯放在青柠檬里，一手抓住锅柄把蜡倒进去。

冷却，大功告成。点起来发出一阵阵的天然柠檬味，绝对不是油薰香精可比。

同样的道理，买了几个红色的小南瓜，口切得大一点，去掉四分之一左右，瓜子挖出，瓜肉拿去和小排骨一起熬汤，熬个把小时，南瓜完全融掉，本身很甜，加点盐即可，味精无用，装进南瓜壳中上菜，又漂亮又好喝。

橙冻也好玩。美国橙大多数很酸，买普通橙子或泰国绿橙好了，它们最甜，切头，挖肉备用，另几个挤汁，加热后放鱼胶粉。现买的jelly粉（布丁粉）难于控制，其中香料和糖精味道也不自然，还是避之为妙，鱼胶粉不影响橙味，倒入橙壳，再把橙肉切丁加进去，增加咬嚼的口感，冻个半小时即成。

天气热，胃口不好，还是吃点辣的东西，把剩余的鱼胶粉溶解备用。将泰国小指天辣椒舂碎挤汁，加酱油或鱼露，混入鱼胶粉中，冷却后再切成很小很小的方块，铺在猪扒或其他食物上，又是一道美味的菜。

炖蛋最过瘾了，用日本人的菜碗蒸方法炮制，食材净找些小的，浸过的小虾米、小条白饭鱼，半晒干的那种，金华火腿选当鱼翅配料的部分，切成小丁。鸡蛋仔细地用匙子敲碎顶部，留蛋壳当容器，打蛋后和其他材料混合，再倒回蛋壳中，最后把吃西瓜盅用的夜香花铺在上面，隔水炖个五分钟即成。

向苦闷报复，一乐也。

借口

"我们有子女的人，活得没有你那么潇洒。"友人常向我这么说。

这是中国人的大毛病。以为一定要照顾下一代一辈子。儿女，在中国人的眼里永远长不大，永远需要照顾。

家庭观念浓厚，很好呀，但是亲情归亲情，自己也要快乐地活下去呀。

不会的。中国人一生做牛做马，为的都是儿女。省吃俭用，为他们留下的钱愈多愈好，他们不会为自己而活。不但要养育下一代，还要孝敬父母。这是中国人的美德，也没什么不好，但是有时所谓的孝顺，变成约束，把老人家也当儿女来管。

我这么一指出，又有许多人要骂我了。你这个礼教的叛徒，数千年的文化，要你来破坏？你不是中国人，更不是人。

哈哈哈哈。大部分人都躲在井里。为什么不去旅行？旅行时为什么不观察一下别人的人生？

我的欧洲友人，结婚生子，把孩子教育成人后就不太理他们，就像他们的父母在他们成年后不理他们一样。

社会风气如此，做儿女的不太依赖父母，养成独立的个性，自己赚钱养活自己。

这时候，做父母的才过起从前的生活，自由自在，不受束缚，也就是所谓的潇洒了。在一般中国人的眼里，这是大逆不道，完全没有家庭观念。但他们自得其乐，不需要中国人的批评。

谁是谁非，都不要紧，重要的是互相尊重对方的生活方式。他们绝对没有错，他们不是不孝，他们也并非自私，他们只知道做人需要自己的空间和自由。

我们做不到，但是可以参考参考，反省一下。一辈子为子女存钱，是不是自己贪婪的借口？

退休

"如果你退休的话，会干些什么？"年轻朋友好奇，"日子难不难过？"

哈哈，要做的事像天上的星星那么多，只要选一两样，已研究不完。

倪匡兄的例子，养鱼和种花为百态，安静时阅读，多么逍遥！他说："每天轮流替那十几缸鱼换水，累都累死，哪还有时间说闷？人家配出一屋新种高兴得要命，我这儿的新种，至少十几条。"

如果我退休，第一件事是开始雕刻佛像，然后练书法和画画，够我忙的了。

一直不敢去碰，怕上瘾没时间研究的是京剧和相声，可以开始了。音乐方面，重温以前听过的古典，直落到爵士和怨曲，一面做其他事，一面听。

把每一天要穿的衣服洗好烫直，一件件挂起来，一日准备两三套，预防天气忽冷忽热。一向少戴的帽子，不肯用的雨伞，也可以一一收藏——越买花样越多。

内衣、内裤买最柔软舒服的，这是非常重要的，绝对不能忽视，已不必穿名牌，跟随潮流行了。

对各种钢笔和毛笔的收集也有很浓厚的兴趣，时间不够的话，请古镇煌兄割爱，把他不要的那一批买下来玩玩。

现在用的是照完相便抛弃的相机，越简便越好，但退休后可玩回从前发烧时用的徕卡、哈苏，等等，也许学回自冲自洗自印，自放大。

重新学习下围棋、国际象棋，希望一日与金庸先生下它一局。

家具更是重要，从明朝案椅到意大利沙发，对椅子的研究是至上的。最好能像时光穿梭机上的座椅，按了钮，可调节任何一个角度，喊了一声，灯光会从不同方向射来。棺材舒不舒服，倒是次要的了。

没想过退休后做些什么，从年轻开始，我已经一直休而退，退而休。

美妙

现在我人在日本和歌山的白滨，望着海写稿。由一片漆黑到逐渐变为紫色、浅蓝、带黄，古人所说的鱼肚发白，不是很准确，如果每天看日出，你会发现有其他颜色，但就是不白。

山叠山、云叠云，以为是一片同样的颜色，但其中有它的层次，分出远近。

微风吹动了海面，这是一个湾，像湖泊多过大海。无数的渔排，用来养殖生蚝。渔船从中间穿过，一艘二艘三艘，数个不清，是辛劳的渔民出海的时候了。反方向是捕捉乌贼的船归来，一艘船中有几十盏大灯，不吝啬地亮着，反映在海面上，一艘变为两艘。

选择这段时间工作，主要是被日出吸引，别人以为难得的美景，其实每天存在，不管是在山中，或者闹市，都是一天最纯洁的时候。你已经有多久没有看过日出？

海鸥追随着渔船，渔夫将卖不出的杂鱼扔给它们吃，大自然之中，一点也不浪费。

群山发出烟雾，是太阳的热量将露水蒸发，原来一切都在蠕动。海面、飞鸟、归舟、云朵，没有一种现象是静止的，除了遥远的房子吧？但也看到灯火一盏盏熄灭，又动了起来。

一日出，大地由童话变为现实。渔夫们抱怨所捕的鱼渐少，年轻一辈不肯继承父业。海面上有时看到一层薄薄的浮油，从什么地方飘来的呢？

正感到绝望，天又渐渐转变颜色，古人说天黑了。当今的天，被城市之光照亮，只见蓝，就是不黑。这天地，不黑不白，剩下灰色。

但又是写稿到天亮，大地回到童话世界，天真无邪。海鸥群中，有一只老鹰，邪翅膀是多么坚强巨人，是不是可以把我载走，飞向太阳？活着，还是美妙的。

自私

我们受的教育和世俗的传统道德,都不一定是对的。

像教我们不要自私,完全是错误。这个思想,害了我们很久。

人的本性,就是自私。所谓自私,不过是一种适者生存的基本条件。这个本能潜伏在我们的体内,我们不能压抑它。

道德观念,诗歌、小说、电影和电视,创作出来都是歌颂人类崇高的情操。我们没有的,更盼望得到。但是想归想,总不能违反人类的本性,至少,别当它是罪恶。

一切,顺其自然,是最好的处世方式。不应该给自己太大的压力。

最明显的例子,是爱人的死去。

见过那么多失去伴侣的人,最初痛苦地哭个死去活来,经过一天、一个月、一年、数十载，还不是好好地生存下去了吗？

梁山伯与祝英台、罗密欧和朱丽叶，都是美好的同年同日死的故事。现实生活中的同林鸟，拆散了也不是什么大不了的。

或者自私的定义只是教人别损人利己，我们要说的自私，是爱惜自己的生命罢了。

觉得活是一件美好的事，思想自然豁达开朗，这才懂得怎么去爱人。当对方离我们而去，也只有默默地接受。生命，本来就是这样的，叹息好过不必要的痛苦。

这话题太过严肃，还是谈些轻松的。

话说有一个女人，失去了丈夫。灵坛上，她痛不欲生。

"你带我一起走吧！"她不断地边哭边喊，还拼命地把头撞向棺材。

忽然，她发现有人从棺材中伸出一只手，把她的头发揪住，她马上大叫："救命！救命！不要连我也害死！"

原来，她撞头撞得厉害，是头发让棺材板缝夹住了。

聪明

老了,最大的享受是说真话。

陪一群人去酒吧喝酒,本来好端端的,忽然有一个人打开卡拉OK,大唱特唱起来。

"难听死了。"我开始说真话,那人腼腆,放下麦克风。

其他人松一口气,大快人心,都羡慕我有把真相指出来的勇气。

其实也不是够不够胆的问题。是来日不多,何必受这种怨气的问题。

"请给点意见!"餐厅老板问。

"不好吃。"我给了意见。

老板拼命解释:"今天大师傅放假,市场上又没有新鲜的食材。"

"你是要我给意见，还是来听解释的？"我问。

有人向我说某某人坏话时，我总是说："想他们的好处，忘记他们的缺点。日子就会好过了。"

年轻人还有一个很大的毛病——充满了敌意，时常把一件小事弄得很复杂。

我说："要么就打，不然罢手。没有什么值得吵吵闹闹的。"

遇见一个人，一面讲话一面用手拍我，我说："我不喜欢人家拍我。"

又得罪了一个，他永远怀恨在心。但是，得罪就得罪，算得了什么？把他当女婿吗？绝对不是人生损失。

再也不必敷衍了。人生快事！

尤其是对一直装出客气状的虚伪日本人，我更不客气，劈头来一句："是，和不是。简简单单。为什么你想得那么辛苦？"

真话说得多了，说服力就强了。有时来一句假的，变成事实。

"靓女！"这么一叫，人人相信。看到丑的，想这么叫也叫不出，唯有折中，半真半假："你很聪明。"

做人

"要怎样才叫做人?"小朋友经常问我,"我在街上看到眼光呆滞、穿得肮脏的老人。我不想老了,和他们一样。"

"做人是一种很高深的学问。"我说,"不过不要想得太复杂,由最简单的道理做起。"

"什么是简单的道理?"

"就是要活得快乐,今天比昨天好,明天又比今天更好。"我说。

"那需要很多钱才做得到。"小朋友说。

"钱虽然重要,但是和生活的质量无关。"我说,"有很多富商,并不懂得生活。"

"什么叫不懂得生活?"小朋友问,"有了钱,要吃什么有什么，要去哪儿就去哪儿。"

"不懂得生活就是说他们忙碌了一生，没有时间享受生活的情趣。怕死怕得要命，吃东西时这种不敢吃，那种以为一吃就会生病。"

"没有钱怎么去找快乐？"

"种种花、养养鱼，不需要几个钱。"我说，"要玩的东西，实在太多。不过这是努力得来的。"

"为生活奔波，吃都吃不饱，失业的人通街都是，还去种花养鱼呢。"小朋友不满。

"所以说要趁早培养多种爱好，音乐也好，时装也好。除了自己的职业之外，努力学习其他东西，如果本行行不通，就可以转变方向，做别的去。"

"没有钱，做什么都不行。"小朋友不服，"你说的一天比一天活得快乐，不容易。"

"一天比一天活得快乐，是质量的问题，要求质量一天比一天高，那自己就得往这个方向走。质量提高了，对任何事都感到好奇，眼光就灵活起来。质量提高了，就会爱干净，白衬衫天天洗，老了就有尊严。"

小朋友似懂非懂。其实愈早知道这个道理愈好，我想。

原谅

我们年轻的时候,疾恶如仇。

这当然是青年人最大的好处,他们天真,不受世俗污染,喜欢就喜欢,讨厌就讨厌,没有中间路线。年纪渐大,好与坏模糊了许多,这也不是短处,只是人生另一个阶段。

出了社会,同事间有一些看不顺眼的,即刻非置对方于死地不可。有的讲你几句,马上想诛他家九族。年轻人有的是花不尽的爱与恨,很可惜的是恨比爱多。

年纪大的人,一切已经经历过,他们抓住年轻人的弱点,加以利用,先甜言蜜语把他们骗个高高兴兴,再加几句赞美使他们飘飘然,把他们肚中的东西完全挖出来,用它们当成利刃,一刀刀往背后插进去。年轻人毫无挡驾余地,死了还不知是谁害的。

别骂人老奸巨猾，因为你也有老的一天。奸与不奸，那是角度的问题。自己老了，就认为自己不奸了。就算不奸，在年轻人眼中，你还是奸的。

洋人常说做人要像红酒，愈老愈醇。道理简单，做起来不易。

年轻人逐渐变成中年人，又踏入老年，疾恶如仇的特点慢慢冲淡，但也变不成好酒。有些人总是以为世上的人都欠他们的，所以变成了醋。

老的好处是学习到了什么叫宽容。自己曾经错过，就能原谅别人，但有些人偏偏认为自己永远是对的，不断地对别人加以评判，要对方永不超生。他们知道恨别人，也是痛苦事。

交友之道，在于原谅对方。记那么多仇干什么？想到他们的好处，好过记他们的污点，这是"阿妈是女人"的道理，大家都知道，就是做不到。能原谅人，是天生的，由遗传基因决定，无法改变。我能原谅人，是父母赐给我的福分，很感谢他们。

疏狂

亦舒看了我一本书，叫《狂又何妨》，说我这个人一点也不疏狂，竟然取了那么一个书名。

哈哈哈哈。我也不认为自己疏狂，出了七八十本书，所有书名都与内容无关，只是用喜欢的字眼罢了。

中国诗词有一定的模式，并不自由奔放。到了宋朝，更引经据典，晦涩得要命。诗词应该愈简单愈好……

整首背不出来，记得一句，也是好事。丰子恺先生就爱用绝句中的七个字来作画，像"竹几一灯人做梦""几人相忆在江楼""嘹亮一声山月高"等，只要一句，已诗意盎然。

承继丰先生的传统，我的书只用四个字为书名，像《醉乡漫步》《半日闲园》，等等，发展下去，我可以用三个字、两个字或一个字。

有些书名，是以学篆刻时的闲章为题，如《草草不工》《不过尔尔》《附庸风雅》等，也有自勉的意思。

《花开花落》这本书的书名有点忧郁，那是看到家父去世时，他的儿孙满堂有感而发。

大哥晚年爱看我的书，时常问我什么时候有新的。我拿了新的一本要送给他时，他已躺在病榻上。踌躇多时，还是决定不交到他手上。

暂居在这世上短短数十年，凡事不应太过执着。

家父教导的守时、重友情、做事负责任，由成长到老去，都是我一心一意、牢牢地抓住的，但也不是都做得到，实行起来很辛苦。最重要的，还是要放弃自我中心。

艺术家可以疏狂，但疏狂总损伤到他人，这是我尽量不想做的事。

心中是那么羡慕！"疏狂"二字，多美！

学老兰

新居的楼下,长几株白兰,足有四层楼高,比我在天台种的那三株,大百倍。

经过时不仔细看,不知道是白兰,因为它只剩下叶子,看不到花,但却有一股幽香,从何处来?

大概是长成的过程中,起的变化。低处生花,顽童一定来干扰;全树开遍,则会吸引小贩前来采折。

白兰树的花,只让站在高处的人看见。

花生顶上,像长者的白发。

树干之大,根部之强,占路边一席。

这棵白兰已不能连根拔起,移植他乡。

时代的进步,道路扩宽的话,只可将它砍伐。

不然，老兰站在一旁，静观一切的变化。但愿人老了，像这一棵白兰。

老，必须老得庄严。

老，一定要老得干净。

老，要老得清香。

是否名牌已不重要，但要天天洗濯烫直。衣着是对别人的一种尊重，也是对自己的尊重。

皱纹是种自傲，但胡须应该刮净，做一个美髯公亦可。每天的整理，更花费工夫。

修指甲，剪鼻毛，头皮是大忌。

最主要的，还是要像白兰那么香。

香不只是一种嗅觉，香代表不俗气。

切莫笑人老，自有报应。

人生必经之路，迟早到来。等它来临时，不如做好准备，享受它的宁静。

他人言论，已渐觉浅薄无聊，自己更不能老提当年勇，老故事亦不可重复。

最好是默然把趣事记下，琴棋书画任选一种当嗜好，积极钻研，成为专家。不然养鱼种花，不管它们的出处，亦是乐事。

人总得向自然学习，最好临终之前，发出花香。

反运动

运动,本来是件好事。不必花钱,在公园做做体操,或街头散步,随心所欲。

但是基本的东西往往遭受商业社会破坏,运动已经贵族化了。

你看你身上穿的名牌运动衫,一件多少钱?还有那双像唐老鸭女友穿的大鞋子,什么空气垫,一双上千港币,连绑在额上的头箍,都要几百。全加起来,是一副身家。

本来免费的运动,一进室内就要收钱。参加健美会,先付一笔钱,分十次用,去了一两次,觉得辛苦,结果不了了之。

室内健身室开在某某大厦的二楼,一大排玻璃橱窗,说是让参加者看到外面,其实是要人来看。

目前已没有真正的明星，像詹姆斯·迪恩和玛丽莲·梦露的时代已过去，取而代之的是歌星和运动健将。只要在体坛上一出名，钱财即刻滚滚而来。他们的经理人要钱要得愈来愈多。

足球场、篮球场的建筑，比小学、大学还重要，美国的许多都市的运动场，用不到二十五年即拆掉，花大笔钱去建新的，排污系统却是愈用愈旧。

当今的体育已经成为另一类的崇拜。有的孩子不用读书了，家长鼓励他们搞运动。

我从小讨厌运动，常因体育课不及格而要留级、要换学校。

我一向认为身体健康很重要，但是思想健康更不能缺少。

还是快快乐乐，想做什么就做什么好。不必勉强自己，守人生七字真言错不了，那就是："抽烟，喝酒，不运动。"

笑看往生

香港剩女飙升，三个女人一个独身。

报纸上的大标题。

这我一点兴趣也没有，不嫁嘛，又不会死人。

会死人的，是接着报道的"香港人口持续老化"。六十五岁以上的港人，将由二〇〇九年约13%，增至二〇三九年的28%。四分之一以上的人口是老人。

死亡人数按比例，会增加到每年八万零七百个。

那么多人离去，不关你事吗？那是迟早的问题，我们总得走。但是怎么一个走法？没有人敢去提起。中国人，对死的禁忌，是根深蒂固的。

避得些什么呢？反正要来，总得准备一下吧，尤其是我们这群被青年人认为是七老八十的,虽然,我们的心境还是比他们年轻。

勇敢面对吧。死,也要死得有尊严;死,也要死得美丽。

轮到你决定吗?有人问。

的确如此。但是,凡事都有计划,现在开始讨论,也是乐事。

首先,对死下一个定义:"死不是人生的终结,是生涯的一个完成。"

我们要怎么在落幕前,向大家鞠个躬退去呢?最好是照着自己的意思去做,需要一点知识和准备。

最有勇气的死,就是视死如归,说到这个"归"字,当然是回到家里去死才安乐。

但事不如愿,根据一项调查,最后因病死在医院里的人还是占大多数。

为什么要在医院?当然想延长寿命呀。但是已到了尾声,为什么还要延长?决定自己什么时候走,不是更好吗?

家人一定反对。我的命不是你的命,你们有什么权利来反对?

友人牟敦芾说过:"我一生做的最后悔的事,就是反对医生替我爸爸终结生命。"

这句话,家人一定要深深地反省。

尤其是对患了癌症晚期的人,受那不堪的痛苦折磨,家人还不许医生打麻醉针,说什么会中毒。反正要死了,还怕什么中不中毒?

如果你问十个人,相信有九个是不想在医院死的,但他们还留在医院,一方面也顾虑到家人的感受,不想给大家增加麻烦,而绝对不是自己所要的。

我劝这种人不必想太多,要在家里终老就在家里终老,反正这个家是你的家,你想怎么样做,也没人可以反对,而且省得他们整天跑到医院来看你。

虽然说医院有种种设施,但那是救命用的,你不想救,最新最贵的仪器又有什么用?

在家静养,请个护士,所花的钱也不会比住病房贵呀。找个相熟的医生,请他替你开止痛药、医疗麻醉品等,教教家人怎么定时服食和打针,也不是什么难事。

但是孤单老人又怎么办?有一条件,就是得花钱。反正是带不走的,这个时候不花,等什么时候花?护士还是要请的,这笔钱,要在能赚时存下来,所以说死,也得准备,千万不能等。

香港人多数有点储蓄,买些保险留给后人,大家想起老人早走,也可以省下一点,也就让你花吧。

在痛苦时,最好能以吗啡镇静。从前,吗啡被认为怪兽,说什么服了会精神错乱,愈吃愈无助,最后变成不可控制的凶手。

但这都是早期医生的临床试验不够，恐怕有副作用，没有必要时不打针。当今事实已证明，药下得恰当，很安全。

有些人讨厌打针或喝药，也有膏贴的吗啡剂可用，总之不会是愈用愈没劲，不必担心。

我最喜欢看的一部电影，叫《老豆坚过美利坚》，名字译得极坏，其实是一部怎么面对死亡的片子，得过最佳外国影片金像奖，讲的是一个老头儿得了癌症，离开他多年的儿子来看他，一看父亲被一群老朋友围着谈笑风生，又拼命吃护士的豆腐。

儿子后来才发现父亲的乐天个性，并了解人生最终的路途，完成了父亲的愿望。

这些被一般人认为最野蛮的思想，是最先进开明的，片子的原名叫《野蛮入侵》，其实就是这群快乐的人。

最坏的打算，已安排好。万一侥幸能够活到油枯灯灭，那就最为幸福，我母亲就是那样走的。也许，可以像弘一法师一样，回到寺庙，逐渐断食，走前写了"悲欣交集"四字后，一笑归西。

葬礼可以免了，让人一起悲哀，何必呢？死人脸更别化妆给人看，那些钱，死前花吧。开一个大派对，请大家吃一顿好的，有什么好话当面听听，才是过瘾，派对完毕，就跟着谢幕好了。

　　骨灰撒在维多利亚海港,每晚看到灿烂的夜景,更是妙不可言,你说是吗?

优柔寡断

《花生漫画》中的查理·布朗，是个性很优柔寡断的人物。露西经常骂他："Wishy-washy。"再好的英文翻译也没有。

优柔寡断潜藏于我们每一个人的身上，任何事都一二三地解决的人，并不多。

早上起床吗？再睡一会儿吗？已是一个很难下决定的问题。

上课吗？或是扮肚子痛？从幼儿园开始，儿童已知道优柔寡断是怎么一回事。

小学时，考试之前赶通宵死背书，还是去玩更好？

到了初中，同学抽烟，一起抽，还是拒绝他们的好意？

高中已谈恋爱，打电话给女同学，或是等她打来？

出来做事时，炒不炒老板的鱿鱼呢？

老了，病了。死还是不死？

最典型的，一定是莎士比亚笔下的"to be, or not to be"（生存还是毁灭），我们一生最大的苦恼，莫过于太过优柔寡断。

既然我们知道有这个毛病，就要当它是乐趣处理。

先学会做什么事，错了也不后悔，自己的决定嘛。慢慢地，我们优柔寡断的行为就会减少，自信心就越强，决策就越快。

可是，到了星期天，我们就要享受优柔寡断了，出门还是不出门？想了老半天，还是在家好一点。

肚子饿了，吃不吃东西？到餐厅还是自己烧菜？

写稿还是不写稿？看不看电视呢？读不读书？

结果什么事都没做，躺在沙发上，问自己说："睡不睡觉？"

哈哈哈，优柔寡断，真好玩。

放纵的哲学

"享受人生的快乐,由牺牲一点点健康开始。"尊·休斯敦说。

这个人放纵地过活,但是八十多岁才死。所谓的牺牲一点点的健康,并非一个致命的代价。

大家都知道自由的可贵,但是大家都用"健康"这两个字来束缚自己。

看到举重的男人,的确健康,不过这个做运动的人总不能老做下去,年龄一大,自然缓慢下来。到时他那坚硬的肌肉开始松弛,人就发胖。为了防止这些情形发生,他要不断地健身。试想看到一个七老八十的人全身还是那么一块块的肌肉,和隆胸的妇女,有什么两样?

又有个朋友买了一栋有公共游泳池的公寓，天天游，结果患了风湿。

注重健康，说得难听一点，就是怕死。

烟不抽，酒不喝，什么大鱼大肉，一听到就摇头。

好，谁能担保不会有个人，二十多岁就患肺动脉高压？哪一人能够胆说自己绝对不会遇上空难、车祸、火灾、洪水和高空掷物？

想到这里，更是怕死。

怎么办？唯有求神拜佛了。

一个人如果多旅行、多阅读、多经历人生的一切，就不当死是怎么一回事了，这个人绝对在思想上是健康的。

思想健康的人一定长寿，你看那些画家、书法家、作曲家，老的比短命的多。

当然不单单是指做艺术工作的人，凡是思想健康的，不管他们出的是好主意还是坏主意，都死不了。

总认为人类身体上有一个自动的刹车器，有什么大毛病之前，一定先感到不舒服。如果你精神上健康，一不舒服就休息，便不会因为过度纵欲而病倒。

喝酒喝死的人，也可能是为了精神不正常，像古龙一样的人，明明知道再喝就完蛋，但是还是要喝下去，也许是他认为自己是大侠，也可能是活够了，觉得这个世界没有什么事是新鲜的了。

吃东西吃死的例子倒是不少。

什么胆固醇，从前哪里听过？还不是照样活下去。

也许有人会辩论说那是因为几十年前社会还是困苦，人没有吃得那么好，所以不怕胆固醇过多。精神健康的人也不会和他们争执，你怕胆固醇，我不怕胆固醇就是了。近来已经有医学家研究出胆固醇也有好的胆固醇，和坏的胆固醇，我们只要认为所有吃下去的东西都是好的胆固醇，不亦乐乎？那些怕胆固醇的人，失去尝试到好胆固醇的享受，笨蛋。

对暴饮暴食有节制，不是因为不想放纵，而是太肥太胖，毕竟是不美丽。

科学越发达，对人类的精神越是伤害，现在的医学报告已达到污染的程度。

最近研究出喝牛奶对身体无益，打破了牛奶的神话。当然早就说吃咸鱼会致癌，好，那就不吃咸鱼。又听到鸡蛋有太多的蛋白质。什么吃肉只能吃白肉而不吃红肉，等等，唉，大家不知道吃什么才好。

吃斋最有益，最安全，最健康了。吃斋，吃斋。

你以为呢？蔬菜上有农药，吃多了照样生癌！

医学家建议你吃水果之前洗得干干净净。心理上有毛病的人，把它们都洗烂了才够胆去吃。有些医生还离谱到叫你用洗洁精洗蔬菜和水果，体内积了洗洁精也患癌，洗洁精用什么其他精才能洗得脱？

已经证明维生素过多对身体不好。头痛丸有些含了毒素，某种泻药吃了会得大颈泡，镇静剂、安眠药更是不用说了。

算了，吃中药最好，中药性温和，即使没有用也不会有害。人参、燕窝，比黄金更贵，大家拼命进补。但是有许多例子，是因为进补过头，病后死不了，当植物人当了好几年还不肯断气。

植物人最难判断的是到底他们还有没有思想，如果有的话，那么他们一定在想，早知道这样，不如吃肥猪肉，吃到哽死算了。

肉体健康而思想不健康的人，就会出禁这个禁那个的馊主意。这些人终究会失败，像美国禁酒失败一样。现在流行禁烟了。人类要有决定自己生死的自由，虽说二手烟能致命，但有多少例子可举？

制定戒律的人，都患上思想癌症，越染越深，致使"想做就做"的广告也要禁止放映，是多么可怕。

烟、酒和性，不单是肉体的享受，也是精神上的享受，有了精神上的储蓄，做人才做得美满。

让你在身体上有个百分百的健康吧，让你活到一百岁吧，让你安安稳稳地坐在摇椅上,望向远处吧!但是脑袋一片空白,一点美好的回忆都没有,这不叫健康,这叫惩罚。

快点把那本令人厌恶的 *Fit For Life*(《健康生活》)丢进字纸篓去!

"任性"这两个字

从小就任性，就是不听话。家中挂着一幅刘海粟的《六牛图》，两只大牛带着四只小的。爸爸向我说："那两只老牛是我和你们的妈妈，带着的四只小的之中，那只看不到头，只见屁股的，就是你了。"

现在想起，家父语气中带着担忧，心中约略想着，这孩子那么不合群，以后的命运不知何去何从。

感谢老天爷，我一生得到周围的人照顾，活至今，垂垂老矣，也无风无浪。这应该是拜赐于双亲，他们一直对别人好，得到好报。

喜欢电影，有一部叫《乱世忠魂》（*From Here to Eternity*），男女主角在海滩上接吻的戏早已忘记，记得的是配角不听命令被关进牢里,被满脸横肉的狱长提起警棍打的戏。如果我被抓去当兵,又不听话,那么一定会被这种人打死。好在到了当兵的年纪,邵逸夫先生的哥哥邵仁枚先生托政府的关系把我保了出来,不然一定没命。

读了多间学校,也从不听话,好在我母亲是校长,和每一间学校的校长都熟悉,才一间换一间地读下去,但始终也没毕业。

任性也不是完全没有理由,只是不服。不服的是为什么数学不及格就不能升班。我就是偏偏不喜欢这一门东西,学几何代数用来干什么?那时候我已知道有一天一定能发明一个工具,一算就能算出,后来果然有了计算尺,也证实我没错。

我的文科样样有优秀的成绩,英文更是一流,但也阻止了升级。不喜欢数学还有一个理由,教数学的是一个肥胖的八婆,面孔讨厌,语言枯燥,这种人怎么当得了老师?

讨厌了数学,相关的理科也都完全不喜欢。生物学课中,老师把一只青蛙活生生地剖了,用图画钉把皮拉开,我也极不以为然,逃学去看电影。但要交的作业中,老师命令学生把变形虫细胞绘成画,就没有一个同学比得上我,我的作品精致仔细,又有立体感,可以拿去挂在壁上。

任性的性格影响了我一生,喜欢的事可以令我不休不眠去做。接触书法时，我的宣纸是一刀刀地买，我也一刀刀地练。所谓一刀，就是一百张宣纸。来收垃圾的人，有的也欣赏我的字，就拿去烫平收藏起来。

任性地创作，也任性地喝酒，年轻嘛，喝多少都不醉。我的酒是一箱箱地买，一箱二十四瓶。我的日本清酒，一瓶一点八升，我一瓶瓶地灌。来收瓶子的工人不停地问："你是不是每晚开派对？"

任性，就是不听话；任性，就是不合群；任性，就是跳出框框去思考。

我到现在还在任性地活。最近开的越南河粉店开始卖和牛，一般的店因为和牛价贵，只放三四片，我不管，吩咐店里的人，一定要把和牛铺满汤面。顾客一看到，"哇"的一声叫出来。我求的也就是这"哇"的一声，结果虽价贵，但也有很多客人点了。

任性让我把我卖的蛋卷下了葱，下了蒜。为什么传统的甜蛋卷不能有咸的呢？这么多人喜欢吃葱，喜欢吃蒜，为什么不能大量地加呢？结果我的商品之中，葱蒜味的又甜又咸的蛋卷卖得最好。

一向喜欢吃的葱油饼，店里卖的，葱一定很少。这么便宜的食材，为什么要节省呢？客人爱吃什么，就应该给他们吃个过瘾。如果我开一家葱油饼专卖店，一定会放大量的葱，包得胖胖的，像个婴儿。

最近常与年轻人对话，我是叫他们跳出框框去想事情，别按照常规来。遵守常规是一生最闷的事，做多了，连人也沉闷起来。

任性而活，是人生最过瘾的事，不过千万要记住，别老是想而不去做。

做了，才对得起"任性"这两个字。

无泪的日子

年轻的时候，得不到爱，便是恨，黑白分明：

你爱我不够深。好，永远不见你。男的说。

你连爱我都不会说一声。女的说。

为什么不能等呢？再等多一阵子，人就是你的，但大家都心急，其实不是心急，是不懂得珍惜感情。

这是教不会的，无经验的洗礼，怎么聪明的人，都不懂得爱，只会破坏。

到了了解什么是爱的时候，我们对人生开始起了怀疑，而且逐渐不满。一不小心，便学会讽刺它，沉迷在绝望中，放弃宗教和哲学的教导，变为尖酸刻薄，即使爱再到面前，也让爱溜走。

令我们开心的事越来越少,让我们垂涎的食物已是稀奇。

不过,我们也没那么动怒了。

已知道骂人结果自己辛苦,动气伤神伤身。看不顺眼的,还是不发表意见,反正凭一己之力不可以扭转乾坤,想一笑置之,但又恨不消,唠叨又唠叨。在年轻人的眼中,我们是啰唆的。

但愿自己能像红酒,越老越纯。一股浓香,诱得年轻人团团乱转。一切看开、放下,人生豁达开朗,那有多好!

想归想,到头来还是做不到,只能羡慕,只能羡慕。

在这个阶段,家人、朋友开始一个个逝去,我们一次又一次地哭啼。

泪干了,所以我们不哭。

年轻时,欢笑止于欢笑,对笑的认识太浅。到现在才知道真正悲哀时,眼泪是流不出来的。眼泪,只有在笑的时候,才淌下。

穿自己的衣服

遇到一个过去认识的人。
"好久不见。"我打招呼。
"我倒常看到你。"他说,"你穿着拖鞋和短裤,在旺角跑。"
去菜市场买菜,穿西装打领带,不是发疯了吗?
衣着这问题,最主要的还是看场合。更要紧的,是舒不舒服。
在夏天,洗完澡后,我最喜欢穿一件印度的丝麻衬衣。这件东西又宽又大,又薄又凉,贴着肌肤摩擦的感觉有种说不出的愉快。第一次穿过后,我便向自己发誓,在自由自在的环境下,热天穿的衣服不能超过二两。
见人、做事时,服装并非为了排场。整齐,总是一种礼貌,这是我遵守的。我的西装没有多少套,也不跟随流行,料子倒不能太差，要不然穿几次就不像样，哪里能够一年复一年地穿着？

衬衫、领带的颜色常换，就可以给人一种新鲜的感觉。那几套东西穿来穿去都不会看厌的。

对流行不在意的时候，那么大减价的衣服只要质地好，不妨购买，价钱绝对比时髦的便宜。

不在乎跟不跟得上潮流的时候，买东西便能更客观，更有选择性。

贵一点的领带是因为料子好，而且不是大量生产。便宜的用几次就变成咸菜油炸粿，到头来还是不划算的。那么多花样的领带怎么去挑选呢？答案很简单，一见钟情的就是最理想的。走进领带部门，第一眼就把你打昏的领带千万不要放过。如果一大堆中挑不到一条喜欢的，那么还是省下钱吧。

总之，不管穿西装也好，穿牛仔裤也好，穿自己要穿的，不是穿别人要你穿的。这是人生最低的自由要求。

减压功

如何减少压力,缩称"减压"。

压力的敌对头,是好玩,什么东西都把它变成好玩,压力自然减少。

说得容易,做起来难。

这话也对,但是如果不做,永远没有改变。我不知道说过多少次:做,机会是五十五十;不做,机会等于零。

比方说看到一个漂亮的女人,你和她谈话,她可能不睬你,失败的概率是50%;或者她应了你一句,成功的概率也是50%。眼睁睁地看她走过,一句话也不敢讲,那永远只是走过,你咒骂自己三千回,也没用。好,开始做吧。

从何做起呢?

我们一生之中，经过无数的风波，起起伏伏，但现在还不是好好地活着吗？昨日的压力，已是今天的笑话了。

举例来说，我们担忧暑假家庭作业没有做好，死了，死了，一定被老师骂死。好，被骂了几句，没有死。

我们担忧考试不合格，死了，死了，一定被家长骂死。好，被骂了几句，也没死。

初恋时，非对方不娶不嫁，但有多少人成功呢？爱得要死要活，失败之后，现在还不是好生生地活着吗？现在想起来不是好笑吗？

出了社会做事，一时疏忽，做错了。死了，死了，一定会被炒鱿鱼。忽然，"柳暗花明又一村"，上司根本忘记有这么一回事，或者轻轻讲了你几句算了。当时的压力，不是多余的吗？

那么多的风浪都经历过了，现在谈起来，还摇摇头，说一句："当时真傻。"

好了，既然知道当时傻，那为什么不现在学精一点？目前所受的压力，也一定会熬过的。"人，只要生存下去，总会熬过的。"你也开始明白地向自己说："熬过了就变成好笑。"

好，等以后再笑，不如马上笑。

想那么多干什么？忘了它吧。

不过，一般人还没学到家。说忘，哪里有那么容易？回头一想，那恐怖的压力又来干扰你。

我们最好用幻想的手将一切烦恼事搓成一团，扔进一个保险箱里去。锁一锁，再把钥匙丢到海里，看着它沉下去。

但是，但是，烦恼又回来了。

今早被人家打荷包，扒掉三千块，拼命想忘，但一下子那不愉快的感觉又回来了；昨夜遭人遗弃，拼命想忘，但那痛苦还是环绕着你。

熬过，一定会熬过，你开始那么想，你开始去做，机会是五十五十。记得吗？

佛学所说："境由心生。"

一切，都是你想出来的。你想它好，它就好；想它坏，它就坏。不相信吗？多举一个例子。

"八号风球"台风，一个人在街上走，忽然间从天上掉下一块瓦片，打中前额，流血了。

啊！我为什么那么倒霉？为什么这块瓦片不掉在别人头上，偏偏是打中了我？我真是倒霉！这是一种想法。

"八号风球"台风，另一个人在街上走，忽然间从天上掉下同一块瓦片，同样打中了前额，同样流血了。

啊！我真幸运！要是这块瓦片略为偏差，打中了脑中央，我不是死定了吗？啊！我真幸运！这也是一种想法。

要选哪一个，不必我告诉你，你也应该知道。

生老病死，为必经过程。

既然知道有这些事，还不快点去玩？

玩，不需要有什么条件，看蚂蚁搬家也可以看个老半天。养条便宜金鱼、种盆不值钱的花，都可以玩个够。

虽说生命是脆弱的，但一个长者曾经告诉我，他被日本人关在牢里，整整八天，不给饭吃不给水喝，也没死掉。看看周围，活到七八十岁的人渐多，要是你是例外，那也就认命吧。自己是少数分子之一，要有我们这种人，大多数的别人才会活久一点。不如这么想。

"为赋新词强说愁"，那是年轻人的愚蠢，我们哪儿会有那么多空闲去记愁？记点开心的吧。

为了避免成为不幸的少数人，那么珍惜每一刻应得的享受，把人生充分地活足了。即便有了万一，也已归本。

压力来自别人管你。有人管，做错了事，便有压力。所以必须力争上游，尽量减少管你的人。从小被家长管，被老师管，长大后被上司管，那就要拼命地出人头地，把上司一个个消灭，那么压力自然而然会减少。不过做人也真难，等到没有上司了，回到家里还有个老婆管你。管管管，被管惯了，麻木了，就等于没人来管啰。

莫再等待明年

作家亦舒在专栏感叹："莫再等待明年。明年外形、心情、环境可能都不一样，不如今年。那么还有今天，为什么不叫几个人一起大吃大喝、吹牛搞笑？今天非常重要。"

举手举脚地赞成。

旁观者不拍手，反而骂道："大吃大喝？年轻人有什么条件大吃大喝？你根本就不知道钱难赚，怎么可以乱花？"

花完了才做打算，才是年轻呀。骂我这个人，没年轻过。

年轻时受苦，是必经的路程。要是他们的父母给钱，得到的欢乐是不一样的，我见过很多青年人都不肯靠家。

我想，能出人头地的，都要在年轻时有苦行僧的经历，所得到的，才懂得珍惜。对于人生，才更懂得享受。

所谓的享受，并非指荣华富贵。有些人能把儿女抚养长大，已是成绩；有些人种花养鱼，已是代价。

今天过得比昨天快乐，才是亦舒所讲的"重要"。而这种快乐并非不劳而获，这是原则。

当然有些人认为年纪一大把，做人没有什么成就，但这只是一种想法，是和别人比较的结果。就算比较，比不足，什么问题都能解决。

大吃大喝并不一定花太多的钱，年轻时大家分摊也不难为情。或许今天我身上没有，由你先付，明日我来请。路边档熟食中心的食物，不逊于大酒店的餐厅，大家付得起。

亦舒有时也骂我：一点储蓄也没有，把钱请客花光为止。这我也接受，只想告诉她我并不穷，也有储蓄，是精神上的储蓄。我的储蓄，是老来脑中有大量回忆可挥霍。

活着，大吃大喝也是对生命的一种尊重，可以吃得不奢侈。银行中多一个零和少一个零，基本上和几个人大吃大喝无关。

别绑死自己

又是新的一年,大家都在制订今年的愿望,我从不跟着别人做这等事,愿望随时立,随时遵行便是。今年的,应该是尽量别绑死自己。

常有交易对手相约见面,一说就是几个月后,我一听全身发毛,一答应,那就表示这段时间完全被人绑住,不能动弹。那是多么痛苦的一件事。

可以改期呀,有人说,但是我不喜欢这么做,答应过就得遵守,不然不答应。改期是噩梦,改过一次,以后一定一改再改,变成一个不遵守诺言的人。

那么怎么办才好?最好就是不约了,想见对方,临时决定好了。"喂,明晚有空吃饭吗?"不行?那么再约,总之不要被时间束缚，不要被约会钉死。

人家有事忙，可不与你玩这等游戏，许多人都想事前约好再来，尤其是日本人，一约都是早几个月。"请问你六月一日在香港吗？是否可以一见？"

对方问得轻松，我一想，那是半年后呀，我怎么知道这六个月之间会发生什么事？心里这么想，但总是客气地回答："可不可以等时间近一点再说呢？"

但这也不妥，你没事，别人有，不事前安排不行呀！我这种回答，对方听了一定不满意的，所以只有改一个方式了："哎呀！六月份吗？已经答应人家了，让我努力一下，看看改不改得了期。"

这么一说，对方就觉得你很够朋友，再问道："那么什么时候才知道呢？"

"五月份行不行？"

"好吧，五月再问你。"对方给了我喘气的空间。

说到这里，你一定会认为我这人怎么那么奸诈、那么虚伪。但这是迫不得已的，我不想被绑住。如果在那段时间内，我有更值得做的事，我真的不想赴约。

"你有什么了不起？别人要预定一个时间见面，六个月前通知你，难道还不够吗？"对方骂道，"你真的是那么忙吗？

香港人都是那么忙呀？"

对的，香港人真的忙，他们忙着把时间储蓄起来，留给他们的朋友。

真正想见的人，随时通知，我都在的，我都不忙的。但是一些无聊的、可有可无的约会，到了我这个年龄阶段，我是不肯绑死我自己的。

当今，我只想有多一点的时间学习，多一点的时间充实自己，吸收所有新科技，练习之前没有时间练习的草书和绘画。依着古人的足迹，把日子过得舒闲一点。

我还要留时间去旅行呢。去哪里？大多数想去的不是已经去过了吗？不，不，世界之大，去不完的。但是当今最想去的，是从前住过的一些城市，见见昔时的友人，回味一些当年吃过的菜。

没去过的，像爬喜马拉雅山，像到北极探险，等等，这些机会我已经在年轻时错过，当今也只好认了，不想去了。所有没有好吃东西的地方，也都不想去了。

后悔吗？后悔又有什么用？非洲那么多的国家，刚果、安哥拉、纳米比亚、莫桑比克、索马里、乌干达、卢旺达、冈比亚、尼日利亚、喀麦隆，等等，数之不清，不去不后悔吗？已经没有时间后悔了。放弃了，算了。

好友俞志刚问道:"你的新年大计,是否会考虑开'蔡澜零食精品连锁店'?你有现成的合作伙伴和朝气蓬勃的团队,真的值得一试……"

是的,要做的事真的太多了。我现在处于被动状态,别人有了兴趣,问我干不干,我才会去计划一番,不然我不会主动地去找事来把自己忙死。

做生意,赚多一点钱是好玩的,但是,一不小心就会被玩,一被玩,就不好玩了。

我回答志刚兄道:"有很多大计,首先要做的,是不把自己绑死的事。如果决定下一步棋,也要轻松地去做,不要太花脑筋地去做。一答应就全心投入,就会尽力,像目前做的点心店和越南粉店,都是百分之百投入的。"

志刚兄回信:"说得好,应该是这种态度。但世上有不少人,不论穷富,一定要把自己绑死为止。"

不绑死自己,并不是一件容易的事。我花光了毕生的精力,从年轻到现在,一直往这方向走着,中间遇到不少人生的导师。像那个意大利司机,他向我说:"现在烦恼干什么,明天的事,明天再去烦吧!"

还有在海边钓小鱼的老嬉皮士,我向他说:"老头儿,那边鱼大,为什么在这边钓?"

他回答道:"先生,我钓的是早餐。"

更有我的父亲,他向我说:"对老人家孝顺,对年轻人爱护,守时间,守诺言,重友情。"

这些都是改变我思想极大的教导,学到了,才知道什么叫放松,什么叫不要绑死自己。

伍

看尽世间好风光

若去马来西亚玩一两个星期,
天天吃榴梿,高兴得很。

去哪里？

喜欢到处旅行的香港人，今后会到哪里去？

首选当然是日本，但去了要被隔离十四日。去日本玩个五天最舒服，十天也无妨，但让你躲在一个房间内两星期，一定闷出病来。

而且日本一切都贵，这段隔离的日子又吃又住，需要一大笔花销，一般旅客很难付得起。我本来可以用新加坡护照入境，到福井的"芳泉"或新潟的"华凤"享受螃蟹和米饭，要不然在冈山的乡下旅馆"八景"长住，浸浸温泉，写写稿，日子很快就会过去。但是你不怕，人家怕你，又何必让人麻烦呢？

我最喜欢的欧洲国家是意大利，那里有享受不尽的美食，价钱便宜得不得了。但当今意大利疫情厉害过我们这里，兼锁国，还是免了。

瑞士最干净，也限制入境了，否则去住上一两个星期，每天吃芝士火锅。其他的什么都不好吃，一碟垃圾般的炒面也要卖三四百块港币，何必呢。

最近的还是中国台湾，飞一个多钟头就到了，但台湾老早就实行严格限制，我本来想去吃吃切仔面，当今只有作罢。

去新加坡吧，目前也限制入境了。想起出现"非典"那年，岳华和苗可秀要去拍戏，也被禁止外出，躲在公寓中天天向当局报告行踪，差点闷死。我刚巧护照到期，要去换一换，入境局职员听说我是中国香港来的，忽然吓得像卡通人物一般弹起，乱盖一个印，叫我马上走开。回到家后，和弟弟两人找了一张麻将桌子和一副牌，找岳华和苗可秀，四人打了个昏天黑地，他们的日子才过得了。

还可以去哪里？泰国曼谷之前宣布允许入境，但后来又说要隔离，反反复复，现在谁敢去？

对我来说，目前最想去的还是马来西亚，之前他们的政府宣布那里是最安全的，随时欢迎游客走一趟。若去玩一两个星期，天天吃榴梿，高兴得很。

昨晚才和叶一南谈起，原来他也是个榴梿痴。他问现在是不是季节，去了有没有的吃。哈哈，自从内地人爱上猫山王，泰国的金枕头已无法满足他们，猫山王的需求量大大增加，马来西亚也大量种植，接枝又改种，现在变成任何时间都有供应了。

我早就一直推广猫山王和黑刺，又到过多处榴梿园，并和园主打过交道，我向叶一南说，跟我去，一定错不了。

在马来西亚吃榴梿不只是追求味道，还要求环境舒适。我知道有个风景幽美的山庄，在青山绿水间，还有干净的小屋，可以住上一两天。

在那里专选动物吃过的果实。动物最聪明，不美不食，咬过了一边，剩下另一边的，是完美的榴梿，什么品种的都有。最过瘾的是，地点在山上，天气像秋季多过夏季。更厉害的是，一只蚊子也没有。

吉隆坡附近的吃完，再去槟城吃，那里除了榴梿，还有好吃得要命的炒粿条。粿条就是河粉，槟城的下鸡蛋、鸭蛋去炒，还添腊肠片、鱼饼片和小粒的鲜蚝，最后加血蚶，不止一两粒，一下一大把，配料多过粿条，过瘾至极。

在马来西亚旅行的好处，就是各地都可以乘汽车去，两三个小时就能到有美食的城市。在公路上行驶，遇季候风带来的巨雨，忽然天昏地暗，雨点像广东人说的"倒水咁倒"（粤语，意为像倒水一般），真是倾盆而下，相信经历过的香港人不多。

从槟城到怡保也只要两个小时，那里水质奇佳，种出的豆芽肥肥胖胖，不试过不知道有多么美味。做出来的河粉也细腻无比，更有充满膏的大头虾，可以用汤匙来吃，甜美至极。

要是住闷了，飞一个多小时就可以到越南和缅甸。在马来西亚的确是方便到周围走走，最要命的是，一切都那么便宜，便宜到你不敢相信。

有时间的话，再从吉隆坡到巴生港去，坐车一下子就到，去吃最正宗的肉骨茶。那里一个小镇就有百多家店卖肉骨茶，老祖宗传下的名店"德地"有七十多年历史，一走进去就看到肉骨茶一大锅一大锅地摆着，锅内一块块三四条肋骨的排骨像金字塔般叠着，熬出浓郁的汤来，吃过一次就没有办法回头。

行文至此，消息传来，马来西亚也成疫区，中国香港更是锁城，什么地方也不必去了。要隔离的话，还是留在香港好，至少要吃什么有什么。

大连之旅

又要到大连去公干。上回去，已是十几二十年前的事，我年老神倦，已经忘记吃过什么，没有什么印象，连在什么地方吃早餐也想不起，就在微博上发了一个消息，请教当地人。

经三个多小时飞行，抵达大连时已晚，也不想出去，在酒店胡乱叫些房间服务算了。这回下榻的是希尔顿，这个牌子在香港已消失，但在内地还是很吃香，这家听说是当今大连最好的酒店。

翌日一早起身，查微博，网友们纷纷推介美食，很出奇地出现一个名词，叫"焖子"，都说焖子一定要试。那到底是什么样的东西？我好奇得不得了。

因为还有访问要做，不能走得太远，就问酒店哪里有焖子吃。工作人员都笑说那是下午和晚上吃的玩意儿。"那么你们大连有什么值得吃的早餐？"年轻人都回答不出。微博上有人提到兄弟拉面二十四小时营业，对方想起附近就有一家。

驱车去了，这是家连锁店，看墙上挂的餐牌，选择并不多。我们只有两人，把所有的面条都叫齐，满满的一桌。其他面并没留下印象，反而是冷面不错，味调得好，可以和韩国的比拼。

心中又嘀咕，如果每一个城市都和武汉一样，注重早餐，花样多得不能胜数，像过年一样，把吃早餐叫为"过早"，那有多好！后来回到香港才想到，在我那本《蔡澜食单·中国卷》里找到写大连的那篇，其中记载了在菜市场吃的早餐，于是大打自己的屁股一下。当年我还在那里吃了海胆捞豆腐脑呢，现在提供数据给将去大连的读者也不迟："大连市沙河口区西安路。"

回酒店后，开始工作。记者问当今的大连和十几年前的有什么不同。我回答，从前还有些古老的建筑物，当今给全国相同的大商家广告牌包住了。中国的城市，长得愈来愈一模一样了。

吃还是不同的，溜了出去，到我信得过的网友"韩大夫"推荐的大连老菜馆。那里的特色是你一走进去就看到水箱，里面海鲜应有尽有，统统摆在你眼前。

我问海鲜有没有不是养殖的。店员搔搔头皮,指了一种黑色的鱼。什么名字?黄颜色的叫"黄鱼",黑颜色的就叫"黑鱼"了。只有这种鱼是野生的,那当然得要了。请店里蒸,他们告知不会做。炆吧!好,炆就炆。肉质是粗糙的,味道是淡的,所以不蒸也是对的,加酱油炆才有味。

焖子呢?我要吃焖子,传统的,什么料都不下的那种。店员回答,他们只有三鲜的。好,三鲜就三鲜。

上桌一看,只见海参、虾和螺片,用筷子拼命找才找到青绿色、半透明的固体状态的方块,这就是著名的焖子了!

海参本身无味,养殖的虾没什么好吃的,螺片更是硬得像老母鸡皮。焖子一吃进口,满嘴糊。又是和羊肉泡馍一样的传说!记得我第一次去西安,就不停地找泡馍,这个名字给我无限的想象空间,听了那么久当地人的歌颂,觉得不可能不好吃!结果后来上电视时被问,我说大概是从前人穷,吃不到白饭,只有把面皮搓成一粒粒的,扮成米饭吧?当地人听了差点翻脸,我运气好才逃了出来,最后就学会了永远不能批评别人从小吃的食物。

叫的那一桌菜吃不完,三鲜焖子更是剩下一整碟。本着不能浪费的精神,请店里打包。

到了傍晚,肚子有点饿,找了那焖子来吃。咦,柔滑中还有弹性，海鲜的味道渗入其中，愈嚼愈好吃。一下子把焖子都找出来吃光了，反而剩下海参、虾和螺片。

吃出瘾来，冲出酒店，跳进的士。司机问去哪里。"卖焖子的小贩摊在哪里，就去哪里。"他瞪了我这个疯子一眼，也不敢反驳，直拉我到中山公园菜市场。

小贩将锅小火加热，放入切成小块的焖子，用筷子翻动焖子，把皮煎得焦黄，放入盘中备用。另一厢，将臼子里捣碎的蒜泥、小磨磨出的麻汁，还有浓郁的鱼露，大量地淋在刚煎好的焖子上面。我大声叫："蒜泥多一点，蒜泥多一点。"这种小吃，蒜泥非得加到吃完口气浓得叫人避开三尺不可。

就那么一吃，哈哈，中了焖子的"毒"。这次来大连，值回票价。

工作完毕，已是十点了。《味道·大连美食》的作者王希君特地请日丰园的老板娘等着我，另外约了大连名厨董长作和一群好友，浩浩荡荡地赴米。

吃些什么？桌子上摆满了令人垂涎的菜肴，但和饺子一比，全然失色。

饺子有六种，一款款上，最先是胡萝卜馅的，特意强调除了盐什么调味品都没加。怎么那么甜？仔细品尝，还是会发现有鲜蚝掺在其中，不过分量少得令人不易觉察而已。第二款是芸豆水饺，里面有少许的蛤肉。第三款是黄瓜水饺，加了蚬。第四款是鲮鱼水饺。第五款是茭瓜水饺，加了扇贝。

压轴的是韭菜海胆水饺，被誉为"大连第一厨娘"的孙杰抱歉地说："当今的海胆很瘦，韭菜又硬，都不是时令菜，请各位包涵。"

管他时不时令的，这一道水饺的确是天下美味，一吃就知。大连，又有一种会令你感到不枉此行的美食。

兴隆与三亚

从海口到兴隆需三个半小时,但多看一点风景也好。

出发之前先"医肚"。海南的早餐,最典型的是布罗粉。布罗是一个地方的名字。

粉条比面粗,较河粉细,像濑粉。余熟之后捞在碗中,干食,汤另上。材料有猪杂碎、豆芽和黑面酱,搅拌后入口,有点像炸酱面,但味道是独特的。这种吃法也传到了南洋,不过当今已罕见。

不喜欢吃干的话可叫汤面或生滚粥。我们去的这一家,下午和晚上卖"鸡饭",一大早开门卖布罗粉,地方干净,叫"沿江鸡饭店"。

海南最方便的莫过于所有的高速公路都不收费,没有收费站，畅通无阻。不像有些城市，收费站林立。据说有人调查过，从广州到上海不知要经过多少收费站，货车收费加起来需两千多元人民币。

入住的酒店叫"康乐园"，位于兴隆温泉地区，是一家五星级的度假村。和在日本泡的温泉不同，这里配套的是喷射按摩池。

兴隆地区有很多华侨，他们把南洋食物也带了回来，所以在酒店餐厅吃的晚餐有巴东牛肉、咖喱鸡等，但做得并不像样。反而是地道的海南菜，如海螺树叶汤、酸煮鱼和地瓜粥等，做得更好吃。

从兴隆到三亚有一条很好的公路，一小时内抵达。三亚可真大，由一处到另一处的车程都需二十分钟以上。

这个城镇被誉为"东方夏威夷"。一看到海，果然不出我所预料，已被污染了。

海水已不像毛里求斯或塔西提岛那般清澈见底，有一点点混浊。

我们下榻的是假日酒店，刚刚建好，说是当地最好的一家。一走进大堂，海景全面开放，真有气派，房间也舒畅。虽是同一个管理公司，但三亚的假日酒店其实已有洲际酒店的级数，别被名字误导，认为是一般的"假日"。

酒店前面就是自己拥有的沙滩。我穿上浴袍就走到海边仔细看海。沙是洁白的，海水比远看时清，是可以接受的。其实，也可说已经比大多数国家的海滩好得多了。

我小时候去过东南亚诸国的海滩，都留下了美好的印象。短短四十年，人类已经把地球的大部分海水弄脏。三亚是一个刚受伤的孩子，环保方面好好下功夫还是来得及挽救的。

先在海边一家餐厅吃海鲜，大鱼大肉，非常地道，连蒸的大块豆腐也原汁原味，还有许多在香港未见过的海螺。最奇特的是一种外壳像蛳蛤的，称"鸡翼贝"。它的肉蒸熟了像一只只翘起来的鸡翼，非常美味。

晚餐在三亚珠江花园酒店中餐厅进食，这一餐是我这几天吃下来最好吃的，令我对海南菜刮目相看。菜品一道接一道，没有令人失望的。就算是最简单的蒸咸鱼，也是用只腌一晚、半咸淡的活鱼来做，精彩绝伦。

海南的确有它独特的饮食文化。

"不到海南岛，不知身体好不好。"我还要加一句，"不到海南岛，不知你的胃好不好。"

重访北京

中央电视台首播《笑傲江湖》，大事宣传，也请了原著者金庸先生走一趟，我跟着一起来。

没吃午餐，香港候机楼中有干烧伊面，就以它解决，味道还不错。下午三点二十分起飞，我还没等到可以箍绑安全带已昏昏大睡。最近养成习惯，坐正入眠，这个方式飞机降落时也很管用，不必让空姐来叫醒你以保持靠背竖起，多争取一点睡觉时间。

半途醒来上洗手间，刚回到座位，空姐亲切地问说要不要用餐。我摇头拒绝，但她说："有海鲜米粉，试试吧？"

这可不能错过。亚洲食物现在在飞机餐中占的位置愈来愈重要，飞机餐再也不是专门迎合"鬼佬"的鸡胸肉和那块怎么锯也锯不开的牛排。

上桌一看,一大碗白雪雪的米粉,里面有五只虾、四根冬菇、两条小棠菜。另摆两个小碟,盛放着辣椒酱和生蒜蓉。

据空姐说,这碗米粉的准备程序繁复,汤、米粉和菜都是分开来一样样加热,最后才放在一起完成的,故不能大量供应。

味道如何?普普通通,但就飞机餐来说,已是一大享受。虾还是很新鲜的,但冬菇和小棠菜都是最难吃而且无甚味道的蔬菜,不过加热后也最不容易变色或过老。其实,用美味的芥蓝来代替它们也行,设计飞机餐的公司就是喜欢小棠菜,真拿他没有办法。

我们下榻的"香格里拉"离机场不远,晚上不塞车,二十多分钟就能抵达。

这是北京第一家五星级的酒店,已老旧,但房间装修得干净舒服。看表,已是晚上八点多。

电视台请金庸先生吃晚饭,我也跟去。来到北京,当然是吃涮羊肉。他们说,"能仁居"水准已低落,不如去它隔壁的一家。

凉菜有切丝的心里美。心里美是一种外绿内粉红的萝卜,这里的是切成丝上桌,不过加了糖,颜色也染得很红,有点恐怖。倒是一碟黑漆漆糊状的东西较为特别,那是用黑豆磨完豆浆后取出的渣滓,搅成糊再炒过而成的。我之前没吃过,虽然这不是什么天下美味,也觉新奇。

以为会先来很多种作料自己下手搅酱,原来只有芝麻腐乳酱独沽一味,再加上花生和芫荽末罢了。电视台的人说,这才是老北京的吃法。我本来要问至少有点酱油吧,但也收声。

羊肉是冰冻后用机器削薄片,卷了起来一条条的像蛋卷,都是瘦肉,涮后入口,有如嚼木屑,也像吃发泡胶。

另一种自称不经冷冻的生切羊肉较为可口,但却瘦得离谱,只有不客气地请主人要了一碟净肥的肉。肥羊肉上桌时已闻到膻味,打了边炉(即涮火锅)更膻。我虽很习惯这种羊味,但也觉过分了一点。

其他还有冰豆腐、白菜和粉丝等,肚子饿了,猛往口中塞。

"好吃吗?好吃吗?"电视台的人拼命问我。

我没出声,但说什么也点不下头来。

"'能仁居'是家老铺子了,烂船至少有三斤铁吧?"我最后说。

对方一脸你不懂得吃的表情。

我用干净的碗舀了一碗汤,递给他喝。

"咦?怎么不甜?"他也喊了出来。

涮锅子还涮不出鲜甜的汤,已证明一切。

迪拜之旅

忘记这是我第几次来迪拜了。最初只是转机，顺道一游，那时这个都市还未成形。后来我又专程来拍电视特辑、带团旅游等等。此行是与友人到希腊小岛，他们没来过迪拜，也就顺大家意停几天，想不到遇到台风"天兔"，又被迫一连住了两晚。

上回在所谓的七星帆船酒店下榻，印象极坏。根本没有七星这种评级，旅馆最多是五星罢了，八七颗星的都是自己安上去的，没人承认。

房间不豪华吗？绝对不是，浴室中的爱马仕（Hermès）化妆品都是一大罐一大罐的，在外面买的话算起来最少要两千多元港币。讨厌的是一进大堂侍者就排成一大排，递冰冻毛巾、热茶水、巧克力和一大堆蜜枣，进房间后再送上吃的喝的，问长问短不愿走。每个人要十美元小费，几天住下来，这笔钱也着实不菲。

一切都是用钱堆砌出来的，假得要命。说是水底餐厅，要乘潜水艇才能抵达，也不过是看看放映水中影片的窗户罢了。

好在这一趟入住世界最高的哈利法塔（Burj Khalifa Tower），它有一百六十二层，总高八百二十八米，比中国台北的一〇一大楼还要高出三百二十米。哈利法塔由韩国人建造，能在沙漠中起那么一栋高楼，也实在服了韩国人。但它也被外国人讥讽为"巴别塔"，大家也知道巴别塔最后的结果如何。

在哈利法塔的第三十七层以下，建立了世界首家阿玛尼（Armani）酒店。最初以为它会像帆船酒店那么豪华奢侈，下榻后才知它朴朴实实，摒除了所有干扰客人的坏习惯，装修也在平凡中见高贵，一切用具当然是在大城市的阿玛尼家具店中可以见到的东西，我们住得很舒适。

友人成群结队地乘电梯到最高层展望，我没有兴趣，知道沙漠中经常有风暴，整个都市会被风沙笼罩，不去也罢。果然，他们什么都看不到，失望而返。

到过几家餐厅，都吃不到特别的东西。近年来迪拜经济低迷，各种建筑工程都停了下来，名餐厅的分店也是客人稀少，反而是到了一家黎巴嫩人开的餐厅，叫的几客生羊肉还吃得下去，只是苦了一些怕羊的友人们。

生羊肉的做法并不是将肉切成一片片的，而是用搅拌机打成糊，也就是我们这些"羊痴"才吃得进口。最后也剩下几碟，请餐厅拿去烤一烤，但做出来是无滋无味的。

白天观光，导游是个爱国分子，遮掩不景气的事实，说那棕榈岛的豪宅卖得很好。我们读国际新闻的，都知道那些豪宅滞销，购者都等着出手。

在棕榈岛的另一头又新开了世界最大的亚特兰蒂斯酒店，说有好几千间房。要是中国人开的话一定不会取这个名字，因为亚特兰蒂斯是沉在海底的。

这家酒店里面有世界最大的酒店水族馆。在迪拜，什么都要世界最大才甘心，而最豪华，莫过于浪费最大量的水。在这个终年不下雨的地方，海水淡化是最高的消费，到处可以看到喷水池，又有水喉[①]喷水到树叶上，才能看到绿色。

世界最大的黄金巾场也在这里，我上次去，看到用金线织出来的衣服，这回也不愿再去了。古董店卖的都是假东西，我们住的酒店内也有大到走不完的商店街。还是省下气力，在酒店做做水疗算了。

---

① 水喉：粤语，水龙头。

在当地购物，最可观的还是机场的卖酒商店，在那里可以找到多瓶陈年单一麦芽威士忌。友人都是名酒专家，知道这里的与其他城市或机场的一比，还是贵出许多。但奇货难找，还是值得买，反正过几年一看，肯定觉得便宜，好酒是喝一瓶少一瓶的，不像钻石那么持久。

第三机场是世界最大的单一建筑，专门建来给空客 A380 起降。我们这次来乘坐的是普通机种，但头等机舱都是套房。所谓套房，是个可以用电动门来开关的庞大的空间。里面当然有迷你酒吧，但最过瘾的是一关门，没人看得见，你可以脱光光睡个大觉。

候机楼也极其豪华，但食物都一般。可贵的是登机门就在里面，不必再走出去，一进门就到登机闸口。

虽然候机楼什么都有，但我们离开时遇到台风，本来可以在里面做按摩或睡觉、冲凉，好彩[①]坚持住酒店。阿联酋航空安排的万豪国际酒店（Marriott），以为只是四星罢了，到达后才知也是又大又豪华，有好几家餐厅。先在半夜也开着的法国餐厅医肚，但东西还是难吃到极点。

住一晚就走，将就一点吧。哪知第二天也飞不了，又得留下，

---

① 好彩：粤语，幸好，幸亏。

吃什么呢？阿拉伯菜已不敢领教了。这次出门，从迪拜飞雅典，乘船游希腊，回来再去伊斯坦布尔住几天。大家走后，我又和友人飞到波兰华沙去吃东西，全程二十二天，一餐中国菜也没吃，算是厉害。言归正传，见万豪国际里有家泰国菜餐厅，直流口水，可惜当晚那里被包场，只有找到酒店中的印度菜餐厅。

哪知这是家伦敦的印度菜名餐厅的分店，点了四种菜，竟然是我人生中吃到的最好的印度菜。终于在迪拜留下了最好的回忆。

希腊之旅

我们从迪拜飞希腊首都雅典，全程五个多小时。

这趟游希腊选了一艘叫"保罗莫纳号"（Tere Moana）的邮轮，原因是对它的姊妹船"保罗高更号"（Paul Gauguin）印象极佳，上次去塔希提岛时乘过。船不大，约坐一百人，可以停泊在希腊的各个小岛。美国大公司的"怪物"，就停靠不了了。

在雅典停了几天，于雅典国会前的广场酒店下榻，它位于市中心，出入也方便。从酒店高层的露天餐厅就能直望雅典卫城（Acropolis）的古迹，说是神殿，其实是围墙的遗址，日出日落，把这个雅典的地标照得极美。

第二天就爬上去看个仔细。它在山上，好像不易攀登。但车子可以到达山下，慢走的话，不算辛苦，整个希腊也只剩下它保留得最完整。希腊政府虽穷，但也不停地洗刷它。真不知道为什么要这么做，旧就让它旧吧，我们不是来看新的，要维修也得经济好的时候去做。

很难想象它是公元前六世纪建的。大理石的巨柱是由一个个圆形的石雕叠成的，那种建筑模式影响了古罗马，也被整个欧洲和美国抄袭。

雅典也只有这座卫城值得看。如果你去海神神殿，那得坐好几小时的车，它建在海岸上，只剩下几根柱子，去了只有失望。

还是关注一下现代希腊人的生活是怎么过的。每天街上都有示威，幸好我们早走了几天，不然遇上他们全国大罢工就倒霉了。为什么希腊人那么爱游行？不必工作嘛，示威当成有薪假期。

政党为了讨好人民，这一派减少一个工作日，那一派为了要赢，再减少一日。当今人民每星期只需要做三天半的工，政府不破产才是怪事。

到了晚上，大家照样聚集在廉价餐厅。那里挤满客人，也不一定全是游客。大家灌啤酒，吃比萨，欢乐了整夜。我们走进了不少著名的餐厅，没有一顿留下特别的印象。

希腊菜不是烧就是烤，就连他们的美食节目也并不特别诱人。他们将大量的蔬菜淋上橄榄油。海鲜也多,八爪鱼尤其受欢迎,也不奇怪,他们的八爪鱼品种与别处的不同,不管怎么做都不太硬。

好吃的是坚果,到处贩卖。开心果最爽脆,应季的核桃是柔软的,可当水果吃。如果你对这些有兴趣,那么雅典的菜市场绝对可以走一走。另外,有条古董街也值得一去。那里旧家具卖得十分便宜,其他说是从海底打捞出来的古物,其实没有一样是真的。

国会前,每小时有一次守卫交更[①]仪式。卫兵们穿的制服没有一点希腊味,戴的帽子更像土耳其人的,鞋子前面有个大绣球,看起来像唐老鸭女友穿的。他们更换的步伐缓慢,一点也不威严,只让人觉得滑稽。

我们还去看了新建的可以坐几万人的奥林匹克运动场,也就那么一回事,不如到阿迪库斯剧场(Herodes Atticus Theatre),还可以发怀古幽思。

总而言之,雅典是个乏味的都市,要真正接触希腊,也唯有航行到小岛去。

Tere Moana 虽说小,也有五层。上船后依惯例有欢迎酒会,

[①] 交更:粤语,交接班。

以及免不了的预防意外演习。餐厅有三间，全场禁烟，但也有一处允许。船长问有多少个烟客，举手的也不过三五人。当今，吸烟的人的确少了。

安顿下来后，傍晚出航。沿着海岸线航行的关系，船也不摇晃。晚饭在意大利餐厅用，饮食当然丰富，但都不是什么值得一提的。外国人有句话，说是没有可以写信回家报告的。

我们此行会停在希腊的提洛岛（Delos）、圣托里尼岛（Santorini）、罗得岛（Rhodes）、帕特莫斯岛（Patmos），以及土耳其的库萨达斯（Kusadasi）、恰纳卡莱（Canakkale），最后在伊斯坦布尔上岸。

"这就是爱琴海吗？"我无知地问，"和地中海有什么分别？"

"问得好。"主管娱乐的英国人汤姆（Tom）回答，"爱琴海就是地中海的一部分，希腊人都称之为'爱琴海'，听起来也浪漫一点。"

如果你去过那么多希腊海岛，回来之后也一定会搞得不清不楚。但是希腊人说，那么多岛，总有一个让你爱上的，你只要记清那个就行了。

我们第一站是提洛岛，之前已安排好私人导游和各岛的专车接送。乘邮轮时这个钱绝对不能俭省，一定得花在这种叫

private excursion①的私家导游团上，否则导游细节说得不够清楚，客人玩得也不尽兴。

提洛岛除了考古学家之外，并无住民，这个古代的商业城市已完全荒废，但可以从许多古迹中看到它当年的繁华：商店、别墅、剧场、妓院，应有尽有；公元前三世纪已有排污设施，较当今许多落后的村庄还要文明得多。

导游一一解释，同船的美国人跟着大伙参观，看见我们的待遇颇感不平，向我们问："为什么你们有我们没有？"本来对这些"乡下八婆"可以不理不睬，但当她回船还向职员抱怨时，终于忍不住，向她说："让你嫉妒到死为止。"中文不够传神，英语作："Eat your heart out.②"

那么多的希腊小岛，最受游客欢迎的，大家公认是圣托里尼岛。从邮轮望去，只见悬崖峭壁，山头被一层白雪盖住。

原来那是重叠着的房屋，被蓝天衬托着。希腊建筑全是蓝色屋顶白色的墙，有如它的国旗，只有蓝白二色。

游览车依着弯曲的山路，爬上顶峰。从顶峰向下看，只是蓝白二色的房子和永远的蓝天白云。希腊一年之中只有数天下

---

① private excursion：英语，私人旅游。
② Eat your heart out：英语，羡慕吧！

雨，如果你遇到阴天，那是中了彩。

这个岛教堂最多。希腊人信的是希腊正教（Greek Orthodox），他们所建的教堂和天主教、基督教的也完全不同，在圣托里尼，大家记得的是一个顶上有三排大钟的，第一排一个钟，第二排三个，第三排五个，当然又是蓝顶白墙，这一点永远不变。

圣托里尼的村子建在山峰上，得一路爬上去，你如果体力不够，可以骑驴。有只驴胸口挂着一个牌子，写着"TAXI"[①]，真够幽默的。

从山峰上望下去，有许多别墅、咖啡馆、餐厅，还有蓝色的游泳池。继续爬崎岖的山路，有不少手工纪念品店，各有风味，并不千篇一律。又看到一个风车，已没有叶片，只剩下骨干。

各处还有不断出现的猫。圣托里尼的猫最多了，很多人还出版了各种版本的猫书。猫、蓝顶、白墙，成为对这里不能磨灭的印象。

另一处是繁华的购物街。从中国香港去的游客也没有什么看得上眼的纪念品，乘了缆车下山返船。

船上餐厅的东西，几天下来也吃厌了。我们这群旅行老手

---

① TAXI：英语，出租车。

知道怎么办，第一天就塞一百美元给餐厅主管，又给总厨充足的小费，就什么都容易说了。在岛上我们看到市场中的蔬菜就买下，返船后交给厨房，请他们用鸡汤煮了，当晚就有中式菜汤喝。自己又带了一大袋的榨菜、拉面和酱油，不愁吃不好。

餐厅当然没有什么好酒。当地的ouzo[①]饮不惯，大家都爱喝单一麦芽威士忌，就各买数瓶佳酿，从傍晚就开始，搭配着在雅典买的开心果，大喝起来，到了晚餐时已醉，差一点的食物也变成佳肴。

又去了另一小岛，还是蓝顶白屋，地方是留不下印象的，最重要的还是人。在罗得岛遇到的导游年轻漂亮，她不断地提到安东尼·奎恩在这岛上拍了一部叫《纳瓦隆大炮》的电影，这个岛应该叫"安东尼·奎恩岛"。

按照希腊人说的，那么多岛，一定有一个值得爱上的话，我喜欢的，叫"帕罗斯"（Paros），而令我爱上它的，是导游瓦尔（Val）。

Val，就叫"阿维"吧，不是希腊人，而是来自德国。德国和希腊有很深的关系，居住于德国的希腊人也不少。阿维年轻时来到这个小岛，就不回去了。

---

① ouzo：英语，（希腊）茴香烈酒。

阿维年纪应该有五十多了吧，乌丝之中有一大撮白发，样子长得和瓦妮莎·雷德格雷夫（Venessa Redgrave）一模一样，可能是常年不用化妆品的关系，皮肤已被强风吹得粗糙，虎牙有一颗已脱落，也不去补了。

阿维不像一般导游，讲解不是背历史和地理。她说："你看到那座教堂了吗？旁边是一座尼姑庵。传说中那里有一条隧道，是修道士和尼姑一起挖掘的，不知是谁更努力。

"岛上有一座大理石山，出产的石头最完美。'爱神'米罗的维纳斯像也是用这里的石头雕出来的，拿破仑的墓碑也是。大理石很容易燃烧，烧出来的石灰用来涂墙，最为平滑，也不会被风沙腐蚀。"

当我问"那么多小岛，为什么你会在这里留下"时，她回答，喜欢岛上人民的风俗：死后埋葬三年，将骨头挖出后用美酒洗得干干净净，放在一个盒子里面，再装入小屋，一个家族可以住在一起。后人把先人喜欢的东西放在盒中，当成祭品。

阿维自己家没有水电，煮食靠烧木材。"你知道用不同的木头烧出来的菜有不同的味道吗？""水呢？""自己挖一口井取呀！"

在那岛上，她带我们去吃了一顿极美味的大餐。那是把羊的内脏裹成一团，再用肠子绑扎，放在炭上花好几小时烤出来，再剁成碎片来下酒的。

她最喜欢喝的是有个 A 字的牌子的啤酒，我试了，的确不错。她最爱抽的是希腊香烟，叫 GR，一包有二十五根。我向她要了一根，是土耳其系烟叶，浓似小雪茄，便宜得很。

上船的时间到了，她还坚持带我们去一个小渔村，那里晒满八爪鱼干，还有个咖啡店，全是蓝色的桌椅，望着蓝色的海。

知道我也写作时，阿维指着山上的一座建筑，说那里本来是家很有味道的旅馆，当今游客都去住海边的，就荒废了。这个岛的政府把它改装成写作人休息处，供天下的作家以象征性的租金长住，只要把自己的作品呈上，就可以申请到住下来的权利。

心中，向往。哪天，回到帕罗斯岛来吧。到阿维家做客，吃她做的菜，喝有 A 字的牌子的啤酒，抽 GR 烟，聊我们聊不完的人生旅程。

莫斯科掠影

严冬到访莫斯科,当然大雪纷纷,寒风刺骨。但也好,经历过最恶劣的环境,以后在其他季节重游,都会觉得阳光普照。这是旅行爱好者的心态。

基本上,在俄罗斯市中心还是能看到万国共有的名牌衣服、手袋的商店和广告。当地特色,只有从古建筑中寻找。

"洋葱头"还是有的,克里姆林宫、红场,还有数不清的教堂。莫斯科的历史和文化不灭,旅游要看你的兴趣何在。

之前已安排好交通工具和导游,在短暂的时间内,这两种服务是不能俭省的。来了一个身穿裘皮的老太太,样子像电视剧《美国人》(*The American*)中的那个相当长舌的间谍,不是我喜欢的。

美国大集团管理的酒店,还是住得过的,但服务精神在俄罗斯还不是人人接受得了的。旅馆人员水平欠佳,也少了欧洲人的笑容。放下行李后,还没有到用膳时间,"间谍"老太婆问:"第一站去哪里?"

"Yeliseyevsky[①]。"我回答。目的明确,我要去的是闻名已久的食材店。它开在一栋十八世纪的建筑物中,从一九〇七年开始营业,据称所卖的货物是世界上最高级的,而且种类繁多。从美国国家地理学会出版的《一生的美食之旅》(*Food Journeys of a Lifetime*)中的那张照片来看,这家店简直是一个食物的宫殿,非去不可。

"不如去 GUM[②] 吧。"她建议。

咦!我差点没有把鄙视的表情显在脸上,那是人民商场呀!即刻想起早年北京、上海唯一的购物去处,那怎么能和历史悠久的 Yeliseyevsky 比?

一到 Yeliseyevsky,发现果然是气象万千。林林总总的食物摆满眼前,连方便面和云南普洱都有。可是,为什么没有什么购买欲呢?可能是因为货物给你一种放得太久、已经过期的

---

① Yeliseyevsky:叶利谢耶夫斯基超市。

② GUM:古姆商场。

印象。但鱼子酱和伏特加，还是高级的。

去克里姆林宫看了沙皇的衣服和兵器之后，车子停到红场前面的街上。见一座古老宏伟的建筑，一走进去，才知改装成了最时髦的商场，还有圣诞老人的表演。原来他们的圣诞老人和西方的不同，身穿蓝颜色服装，身边还有一个打扮成兔子的年轻女郎和一位中年皇后陪伴，不像西方那个那么寂寞。

原来这就是GUM！里面卖食材的区域，才是应有尽有，货物也包装得光鲜。这里人气兴旺，更令人感觉到样样东西都好吃。我更为错怪了那个导游老女"间谍"而惭愧，人家也是拼命想把工作做好罢了。

上了车，我们经过电影学院时，大家聊起《士兵》《雁南飞》，甚至还有当年的实验电影短片《两个人》。老太太惊讶于我对他们的制作有所了解。经过文人故居时，又提到肖洛霍夫的《静静的顿河》、陀思妥耶夫斯基的《罪与罚》、帕斯捷尔纳克的《日瓦戈医生》等，老"间谍"更叫了出来："你知道得真多！"

"经典罢了，都应该读的。"我说。从此之后，我们之间的敌意消除。从她的眼光中，也看得出她因误认我只会吃而感到抱歉。

翌日，她带我们到菜市场去，这才是我真正想看的。距离莫斯科市中心二十分钟左右的车程，有好几个相同的菜市场，卖的东西大同小异，你只需选定一个，叫上朋友或自己搭车去。放心，莫斯科的治安还是相当好的，除非你是一个财物耀目的傻瓜。那种人到任何城市去，都会把窃贼和灾难引上身。

菜市场多数是圆顶的建筑，一走进里面，头上一个大圆圈，挂着照明器具。里面卖的货品，也是那么一圈圈地摆着，什么吃的都有。生活水平提高了，由乡下运来的蔬菜、水果和肉类非常新鲜，每种食材都像会微笑，等你来买。

小贩也是乡下人居多，非常亲切。如果有大量货的话，他们都会免费请你试吃。在欧洲其他地方看到的各种蔬菜，这里都有，而且价钱非常便宜。特别的是他们的泡菜摊子，有堆积如山的酸包菜和萝卜丝，各种青瓜、西红柿都腌制着，不仅好看，味道还好，试吃过的即刻进货。

肉类不乏牛、羊、鸡，还有整只的乳猪出售，兔子也多。鱼的种类也无数，较特别的是他们的烟熏鲟鱼，大大小小都有。有种龙虾，比我们吃的小，但又大过普通小龙虾，味道想来必然不错。

糖果摊中有一支支尖头的甜品，各种颜色，又有做得像一匹匹布的山楂薄片。芝士摊中的货品更令人眼花缭乱，可惜没有机会一一去试了。

走过水果摊，小贩把每一种水果都切下一块给你吃。想起黑泽明的制片人藤本真澄，他告诉过我，苏联时期他们到莫斯科去探班，两人去一家餐厅，看菜单上有蔬菜一项，大喜，即叫。侍者即刻捧出，原来是个泡菜罐头，波的一声将菜倒在碟上。黑泽明和他看到都绝倒。

相比之下，与当今的莫斯科，已是天壤之别了。

人生必到马尔代夫

为什么要去马尔代夫（Maldives）？

第一，这里快要被淹没，再不到此一游，恐怕以后没机会，但是这可能是五十年后的事。第二，世界上剩下的那么干净的海，恐怕也只在塔希提岛和马尔代夫了，其他一些偏僻的小岛也许也有清澈见底的浅海，但从酒店设施的角度来看，马尔代夫还是首选。

抵达马尔代夫

先搞清地理环境，怎么由中国香港去马尔代夫？我们这回搭乘的是马来西亚航空的航班，先由赤鱲角飞吉隆坡，三个半小时。再由吉隆坡飞马尔代夫最大的一个岛，英文叫 Male[1] 的。

其实马尔代夫是根据澳大利亚或新西兰等国的土音甚重的人对它的称呼做的音译，当地人不那么发音，叫为"马尔蒂夫"才是正宗。

简陋的机场中，海关人员见我填的表格上只写了四季酒店，问我道："是哪一家？Kuda Huraa[2] 还是 Landaa Giraavaru[3]？"得写明，不能纠缠不清。

在行李检查处，一位带威士忌的团友被扣住了。原来马尔代夫禁止喝酒。不过海关也不贪心，不没收，给了一张收条，威士忌等你走时可以取回。

从机场出来，一阵清风，三月的天气还算好，不太炎热。大岛马累没有什么可看，走几步就到码头，一艘四季酒店的大游艇在等着我们。浪不大，三十分钟后抵达目的地 Kuda Huraa。

从天空望下，马尔代夫像一个感叹号（！），由一千一百九十多个岛组成一竖，下面的一点是另一个较大的岛。

---

[1] Male：英语，即马累岛。
[2] Kuda Huraa：英语，库达呼拉岛。
[3] Landaa Giraavaru：英语，兰达吉拉瓦鲁岛。

马尔代夫的酒店建在岛上,一个岛一间。马尔代夫和中国香港有三个钟的时差,但四季酒店为了给客人多享受阳光,将时差缩短了一个钟:中国香港的十点,是这里的八点。我们抵埗①时已是深夜,胡乱吃了一顿,翌日再仔细看。

海的颜色

一大早起身,对着落地玻璃窗写稿,最初望到的是一片漆黑,接着开始有点形象,分出海洋的深蓝和天空的浅蓝。

云透出黄金的镶边,那是太阳升出的地方吧?

金云扩大,一下子被染成红色。罕见的像大鸭蛋似的太阳跳了出来,起初连着海面,接着断掉。

海变成红色,只是很短暂的几分钟,再下去又完全变掉。原来海是可以有四种颜色的:在最前方的是白色,远一点是翡翠,再过去是碧绿,最后的蓝,蓝得像不存在于这个世上,而只出现在发狂画家的油彩板上。

来到马尔代夫,看到这个海,已不虚此行。

怎么海就在脚下?那是游泳池,没有隔边的设计把它和海接连起来。

---

① 抵埗:粤语,到达。

酒店工作人员起身比我还早，已用竹耙将昨夜被冲上沙滩的杂物扫得干干净净。

这些景色令我着迷，接着的那几日，我每天都在同个时候望天看海。情景大致一样，有时下着小雨，但太阳一出就停了。有时也刮起风，卷起浪，但印度洋没有像太平洋的台风那样的"强风"，吹的是柔和季节风，这种风有个俗气的外号，叫"贸易风"，不如英文的 monsoon① 好听。

一排排旅店房间建在浅海中，是从马尔代夫开始有这种设计的。住在那里的人可以一下子跳入海中游泳，但半夜强流经过，睡得也并不安宁。

我们入住的岛上，各间房屋都有私人沙滩可以享受，是另一层次。整个岛很平坦，用白沙压扁而建，树木留下，只是白与绿二色。

这里有好几个餐厅，吃的是西餐、印度菜和几种中菜。师傅有些是马来西亚华人，工作人员不是，粤语沟通无问题。

但是马尔代夫到底是一个靠近斯里兰卡和印度的国家，我会推荐大家吃印度菜，最为正宗，意大利菜不太像样。

---

① monsoon：英语，季风。

人生必到的小岛

马尔代夫的四季酒店有四十九间别墅,管理人员则有四百人。养活四百个家庭不易,这么算,不会觉得房费太贵。况且一切食物和饮品都要由邻国输入,岛上仅可以自己发电和淡化海水。

游泳是主要的活动,不怕被巨浪吞噬吗?在小岛周围游泳是绝对安全的,原因在于海浪打在远处,被一团珊瑚礁挡住,酒店的周围等于是一个巨大无比的游泳池。

其他的活动有乘游艇出海看海豚。海豚们已把游艇当成卡拉OK,艇中播出音乐时,它们就在你身边跳舞。

还有划玻璃底的小船或者滑浪等等。晕船的人可在岛上上瑜伽班,或者向大厨学习烧几味菜。游戏室中有桌球可打,《大富翁》任借,但好雀战的朋友最好自己带牌。岛上还有一个大图书馆,里面也有各种电影的DVD可借用,每间房都有机器可放映。岛上,是不愁寂寞的。

当今,所有高级酒店或度假村,没有了Spa[①]好像说不过去。去这里的要先乘一只小艇,几分钟,到一个水疗岛去。

[①] Spa:英语,水疗。

一间间的小室，里面设着按摩床，客人俯卧。床下面开着一个玻璃窗口，客人可以看到不会咬人的小鲨鱼游过。

按摩当然有好几种，泰式的、印度式的、巴厘式的等等，但是去到任何水疗室，都一定得雇当地的按摩师。马尔代夫的按摩综合了印度和马来西亚技巧，是种新经历，但是如果享受过泰国的服务，其他任何地方的都不会让你满足。

酒店经理叫 Sanjiv Hulugalle[①]，年轻英俊，迷倒不少欧洲游客。他亲自招呼打点，有什么投诉，即刻更正。

四天三夜的旅程很快过去，我们将飞吉隆坡，大吃中国菜去。

值得吗？值得吗？我不停地问周围的友人。大家的答案几乎一致："再也不必去次等的小岛海滩。在死之前来一次马尔代夫，是值得的。"

Male

Male 是马尔代夫的首都，也是其诸岛中最大的一个。我们游马尔代夫，非经它不可。

先正名：Male，英文发音成"米尔"，是男性的意思，当

---

① Sanjiv Hulugalle：英语，胡凯利。

地人把这个单词分开成两个来读，变成 ma 和 le。

ma 易读，叫成"马"，没问题。后面的那个 le，内地人将它翻成"累"，其他地方的华人叫"利"，都不对。le 应照法文发音，近于"叻"和"勒"，但都不像。与其称 Male 为"马累"，我认为还是干脆叫"马厉"好了。

整个马尔代夫的人口有三十七万左右，马厉的占了三分之一。从空中望下，马厉的房屋密密麻麻的，多是平楼。

岛上最大的一栋建筑物应是警察局，高墙，防御森严。旅客一举相机，即遭当地人阻止。这里代表了权威，是不准摄影的。

人们凭一般印象，都以为马尔蒂夫的机场设于马厉，其实机场是在马厉对面的另一个小岛上。那里其他什么都没有，只有机场和码头，从那里，我们才能抵达各个酒店。

我们这回有几个小时的空闲，可以登马厉岛一游。岛上居民多是印度人后裔，默然地望着我们，胆小的团友说："怎么一个个都像恐怖分子？"

我不同意这句话。我也能够理解岛民的心情，他们对游客又爱又恨，爱的是游客带来经济收入，恨的是这群人又来破坏天然的环境。

在一家有长远历史的木造咖啡店坐下，喝了杯半暖不热的饮料后，就往购物街走，我们这些人，不是玩就是买。但选择也不多，当地人从前不需要靠土产来维生，想象力一点也不丰富，商品又不够原始，让人买不下手。

到最好的泰国菜馆 Sala Thai 吃顿饭，换一下口味。原来这家菜馆是个流落在这岛上的德国人开的，东西当然不正宗，但好过吃烧烤。

饭后在最大的 Holiday Inn① 休息，那里竟然有喷水冲厕的设备，相当进步。

再次走去望海，真是蓝得太美。某天，马尔蒂夫沉没了下去，我们这些人类被海浪当垃圾冲掉，回归自然，也是好事。

---

① Holiday Inn：英语，假日酒店。

欢乐墨西哥

我们旅行，目的地愈来愈偏远，当今到冰岛或挪威看北极光好像也是平常事了。更偏一点，跑到秘鲁去，爬上马丘比丘。

既然要到那么远，我觉得还是要去一些吃得好的地方。何处觅？墨西哥也。那里今后一定能成热门旅游胜地。

去墨西哥并不难，先飞去美国加州，再转机，一下子就到了。当年我为了找拍摄的外景，几乎跑遍美洲，但就没有一个国家比墨西哥更令人欢乐。

唱个不停

我们一下飞机就听到音乐。在墨西哥街头巷尾都可以遇见流浪乐队，叫 mariachi，他们通常是四五个人一组，弹吉他，吹喇叭，拉小提琴，每一个人都能唱，而且唱个不停。

乐队多了，竞争也剧烈，价钱调得很低。先到某市场走一趟，听到唱得好的，或者女士们认为英俊潇洒的，就可问多少钱。墨西哥人有乐天和疏散的个性，懒得和你讨价还价，你也会觉得他们的要求很合理。

如果你连找也嫌烦，请酒店介绍好了，他们推荐的一定有水平。然后你雇一辆九人小巴士，把乐队载在后面，司机兼导游会带你各处去。一路上乐队唱个不停，也不是你完全不熟悉的歌，有很多名曲，都是以西班牙语唱的。

Mercado de Artesanias La Ciudadela

见乐队唱个没完没了，自己也想露几手，但是一生人没有碰过任何乐器。不懂得不要紧，去墨西哥城市内的 Mercado de Artesanias La Ciudadela 逛逛，这是一个巨大无比的市场，什么东西都有，先买一个土琴。

土琴有七八根弦，不会弹怎么办？不要紧，不要紧，随琴送你一张纸，只要将纸插入，便可以依照纸上的黑点弹起来，笨蛋都会。忽然，你便奏出一首《甲由①》（La Cucaracha），

---

① 甲由：粤语，蟑螂。

这是一首一听就难忘的墨西哥民谣,歌词也非常荒诞:"甲由呀,甲由,已经不会走路了……甲由刚刚死掉,现在有四只兀鹰,找一只老鼠当葬礼司仪,把它拖去埋掉!"

在这个市集中逛,沿途可以买到又便宜又漂亮的纪念品,像墨西哥的大帽子、各种色彩缤纷的背包、玻璃制品、陶瓷器,艺术性比其他美洲国家的还高。最实用的还是一件披肩,说是披肩,其实它只是一张大被,折成两半,中间剪一个洞,给你把头套进去,即刻能够御寒。当年我买的那一件,一直用到现在,每遇寒冷天气,我就把它从衣柜中取出来,用完了洗,当今还像新的。

市集中有更多的小贩档口,多数卖玉米,先将它们煮熟,再放在炭上烤得香喷喷、甜蜜蜜的,令人抗拒不了。我们看到走过的人手上都有一根,拼命啃。

玉米是当地最主要的食材,磨粉后做成饼,一片片的,有个土机器在烤,一片烤下又一片。最初以为没什么了不起,咬一口,香呀香,从来没有吃过那么香的饼,印度的薄饼要走开一旁。用这块饼,就可以包各种馅了,这一堆是肉,那一堆是烤甜椒,怎么叫都只要几个比索,折合成自己的货币,大家又欢乐了。

高雅和浪漫

纪念品太俗了,要高雅一点吗?去墨西哥城市内的 Frida Kahlo[①]美术馆吧,欣赏这位一字眉的女画家一生的作品,再追索到她的情人 Diego Rivera[②]的壁画,一幅幅巨大的作品真是气象万千,让你感动。

还是买些值钱的东西吧!墨西哥城附近的小镇 Taxco[③]是一个产银的地方,有各种银器,有些银器精美得令人叹为观止,贵是贵了一点,但比起大家抢购的世界名牌,只会让你笑了。

要浪漫吧?有一个水乡叫 Floating Gardens of Xochimilco,那里有几百艘名副其实的"花艇",艇上画满了花,插遍了花。每艘艇都以女人的名字为名,什么玛丽亚,什么玛格丽坦,当然还有一艘叫 Beyonce[④]。

你人跳上艇,乐队也跳上,坐在船尾,让你一面游河,一面听到:"甲由呀,甲由呀!La Cucaracha!La Cucaracha!"

---

① Frida Kahlo:弗里达·卡罗。
② Diego Rivera:西班牙语,迭戈·里维拉。
③ Taxco:西班牙语,塔斯科。
④ Beyonce:英语,碧昂丝。

死亡的欢乐

记得最清楚的,是当年看到烟花,想买回来放,当地朋友阻止,说:"那是死人时才放的!"

原来死亡也可以变成欢乐的。那边的人多短命,死,是平常的事,也没什么可以悲哀的,大家都买烟花回来放。所以他们有了十一月的死人节,大举庆祝。墨西哥人不太会做生意,没想到这种节日可以吸引大量游客,死人节在〇〇七电影中出现,他们才重新把这个节日组织好。大家有兴趣的话,等明年死人节时去狂欢一下吧,吃个白糖做的骷髅头,灌他一大瓶龙舌兰酒。

什么?龙舌兰酒也好喝?那年我离开时,工作人员每人掏出一点钱,买了一瓶 GRAN PATRON PLATINUM TEQUILA[①]给我,我拿去旧金山倪匡兄的家,打开了,香气扑鼻,两个人一下子就把它干了。

快去墨西哥欢乐一下吧!

---

① GRAN PATRON PLATINUM TEQUILA:培恩白金龙舌兰。

旅游宝藏新潟

每年农历新年的旅行团依例举行，有些人初一那天得陪父母，有些没子女的要求我陪过除夕夜，故分两团进行。老友廖先生说他不知不觉已跟了十九年了，我见他的儿子长大、结婚、生子，时间过得真快。

今年新年去了新潟，入住的华凤旅馆当今已建了新馆，美轮美奂。每一间屋皆有私家露天风吕①，让人浸个痛快。晚饭时由八海山运来一大木桶清酒，又有数名新潟艺伎助兴，其中一个叫"葵"（Aoi）的最红，她不但舞艺精湛，还是一个大酒豪，啤酒、日本酒和威士忌一大杯一大杯地灌，把一群男子汉都喝

---

① 风吕：日语，澡堂，浴池。

得醉倒在地上，她本人还是若无其事，笑嘻嘻的。

因为脚伤，行动不便，我在第一团回香港、第二团未到达时有两天空闲，本来应该好好休息，但天生劳碌命，还是到处乱跑。

带路的是玉木（Tamaki）女士，她本来在新潟观光局任职，我最初是被她的诚意打动才研究新潟行程的，结果发现它是个宝藏。当今她已离开观光局，但还是热心地带我四处找新的景点。

岩室

我们去了一个叫"岩室"的温泉乡，那里有家叫"梦屋"（Yumeya）的小旅馆，高级幽雅，端庄亲切的老板娘武藤真由热情款待。全馆只有十一间房，私家露天风吕泉质润滑，晚餐和早饭都极为可口，以后人数少时来新潟，值得下榻。

梦屋

地址：日本新潟县新潟市西蒲区岩室温泉905-1

电话：256-825151

来到岩室这个地方，就可以去参观良宽纪念馆了。良宽（1758—1831）是位高僧，书法和诗歌皆佳。他一生苦行，自由自在，不寄居寺庙，只在田野间与儿童嬉戏，时常与他们踢毽子。他为儿童们在风筝上写的"天上大风"流传最广，我看到弘一法师的"悲欣交集"，就会想起良宽的这四个字。

良宽的中文根基极好，所书诗句亦符合中文平仄，其诗曰："生涯懒立身，腾腾任天真。囊中三升米，炉边一束薪。谁问迷悟迹，何知名利尘。夜雨草庵里，双脚等闲伸。"另一首《乞食》亦佳："十字街头乞食了，八幡宫边方徘徊。儿童相见共相语，去年痴僧今又来。"他在临终前，更写了《绝命诗》："秋叶春花野杜鹃，安留他物在人间。"

关于良宽，人们津津乐道的还有他晚年的罗曼史。当年有位学问高深的尼姑叫"贞心尼"，极貌美，非常仰慕良宽。他们相见时她二十九，良宽七十，后来两人互写诗歌交往。贞心尼生病时良宽写给她的慰问诗当今还保存在博物馆中。

回程经波涛汹涌的日本海。新潟地形又长又狭，一面临山，种稻米，一面临海，有极丰富的鱼虾。还可以从这里乘船到一个叫"佐渡"的大岛，那里有金矿，海鲜史是闻名。我这次没有时间，只有留待下回探路。

小孩子的节目

旅行团中有带小孩子的团友，令我想起香港小孩没机会接触大自然，甚为可怜。其实可以带他们来看一大片一大片的金黄稻米的收割，同时让他们尝到新米的香味，这些将是他们毕生难忘的经历。

从东京到盛产大米的新潟的南鱼沼，乘新干线不过是一个小时四十分钟。在南鱼沼，你还可以亲手试做各种饭团，将它们沾上紫菜，包上鲑鱼，做成种种可爱的造型。

海边有一家大型旅馆，吃、住价钱都很合理。在那里，儿童们可以亲手拖网捕鱼，再将海鲜拿去烧烤，这也是一个非常好的节目。接着，他们可以放风筝或大点烟花，后者在日本是随时随地允许的。

夏天来时可采巨大又香甜的水蜜桃，或干脆到田里捧一个甜西瓜回去。树林中有各类的山菜，像出自侏罗纪时代的蕨菜。在林中更能捕捉蝴蝶及其他昆虫，或采摘各类菌菇。菌菇当然全是有机的，将它们拿回来铺在小陶钵上蒸出来的菌菇饭十分值得回味。再组织一个集会，让他们与日本小朋友交流。

来新潟可以住个三四天，比去什么迪士尼乐园不知好多少。行程我都安排好，团友一家大小都能参加，可以一起乐融融度个毕生难忘的假期。

工艺

接着我又去自己最喜欢的小千谷，拜访了织布大师小田岛克明。小型纺织厂有仅存的工匠，一条条的麻线被他们用手工揉得像头发般细，织出的布料薄如蝉翼。小田岛先生说年纪最大的师傅今年已经卧病，其他的匠人也都七老八十，年轻人又不肯学，这种独特的工艺到他这辈子将会成为绝响。我买了几匹布料回来做长衫，日本布的尺寸都是从中国传去的，一匹布做一件长衫刚好。

团友们参观了玉川堂，看工匠如何将一块平平无奇的铜片细心敲打成水壶。当今流传用铁壶烧出来的水特别甜美的说法，尤其是用来煲普洱茶。一下子，南部铁壶卖得成为天价，一百多万元人民币一个已是常事。以铜壶煲水，效果一样，一个大的铜水壶卖五十万日元，得花一个月以上才能打出来，按人工来计，加上原料，价钱是非常合理的。与其买一个铁壶，不如买一个更有艺术价值的铜壶。店里摆着一个用了四十多年的铜壶，颜色比新打的更漂亮。小铜壶则卖三十八万日元一个，摆在一边的只要一半价钱。问为什么，原来那个壶壶口是用另一块铜片接上的，而不是从头到尾用一片铜制造出来的。

日本一共有四十七个县，而观光客量最少的就是新潟。其实当地有发掘不完的旅游资源，让我们好好去发掘吧。